Illustration／池上紗京

もつれあっているうちに、終にドレスは腰からも外され、下着姿にされる。

それでもまだ彼は満足せず、手は下着の紐を解いた。

露になる場所へ、印を付けるように繰り返される口づけ。

「あ…」

私を、王様の花嫁候補、公爵家の娘として形づくっていたものが、彼の手で剥ぎ取られる。

竜の国の花嫁

火崎 勇

Illustration
池上紗京

ジュリエット文庫

竜の国の花嫁

もくじ

竜の国の花嫁
登場人物紹介

ソフィア
田舎の領地で育ち、森を愛する公爵令嬢。国王の花嫁候補に選ばれ王城に招かれることに。

ドラガン
かつて水源の調査にイグリード公爵家の領地を訪れた、黒髪の無愛想な男性。

ハラルド
グレナディアの若き国王。

グレイス
国王の乳母の娘。同じ花嫁候補として、ソフィアと友人になる。

イラスト／池上紗京

竜の国の花嫁

青き水の都。

グレナディアは近隣の国からそう呼ばれていた。

それは偏《ひとえ》にグレナディアを守護する竜帝に因るものだ。

遥《はる》か昔、世界は争いで満ちていた。

誰もが自分の領地を広げようと、より豊かな場所へ出兵し、戦火を広げ続ける時代。

国と国との境すらあやふやで、そのことがまた戦いを呼ぶ。

当時、グレナディアは多くの丘陵と湖沼を有する荒涼とした原野でしかなかった。

魔物もいて、移り住む者も少なく、国を統治しようとする者もいない。だから戦いもここまでは及んではいなかった。

そこへ流れてきたのがトリアルという一人の戦士だ。

トリアルは小国の王子であったが、謀略をもって攻め込まれ、戦いに敗れて国を失い傷ついた身体を引きずって山奥へ逃げ込んできたのだ。

彼は、争いを好まなかったので、再び兵を集めて蜂起しようという気にはなれず、深山の湖の近くで失った人々のことを悲しみ、傷を癒《いや》していた。

そこに湖の主である竜帝が姿を現したのだ。

竜帝は、人の立ち入り許さぬ聖域に戦を持ち込むなと怒りを向けたが、トリアルは彼を恐れず言葉を交わした。

「私も戦いには疲れ果てた。何故《なぜ》人は争わねばならないのだろう。豊かな国を求めて起こす争いで、人々の心も、大地も荒れてゆくばかり。こんなに辛いことがあるだろうか？」

トリアルの言葉に真実の悲しみを見た竜帝は、怒りを静め、彼が湖に居を構えることを許し、語りかけた。

「お前は争いを望まないと言うが、食い止めることができると思うか？」

するとトリアルは。

「もしあなたが私に力を与えてくれるのならば、私はそのために命を懸けよう。私がこの地の王となったなら、他国を侵さず、自国を守り、人々に安らぎを与える者になる。そしてあなたの住む場所を守ろう」

と答えた。

竜帝はそれを聞き入れ、彼に力を貸した。

竜帝は水を司《つかさど》る神。

竜帝の力の及ぶ場所には水の恵みと守りが与えられ、国は富んだ。

それに目をつけた他国が押し入っても、敵国の兵士は洪水や豪雨によって退けられた。

また、国が豊かになっても、トリアルは約束通り他国を攻めなかった。それどころか、自国の豊かさを他所の国にも分け与えるように尽力した。

そしてグレナディアと名付けられたこの国は、流れる川で交通の要所となり、水の恵みで得た豊かな作物によって商業の中心ともなった。

いつしか近隣の国も、この国を侵略するより、野心のない中立地帯として存在を認めるようになり、竜帝との契約は成った。

こうしてトリアルは王となり、グレナディアは平穏な国として栄華を誇り、今も王都の奥深くに竜帝は存在し、王のみが竜帝と見《まみ》えることを許されているという。

私、ソフィア・エレ・イグリードはそのグレナディアの公爵家の娘として生まれた。

生まれた時には身体が弱く、上手《うま》く育つかどうかもわからなかった。

そこで両親は王都ではなく、領地で私を育てることにした。

美しい森に囲まれた領地での生活は、私には合っていたのだろう。今では少しお転婆《てんば》が過ぎると叱られることもしばしば、というほどに健康になった。

容姿のほどはわからないが、両親は美しく育ったと褒めてくれる。

「金色の柔らかな髪に長い手足、零《こぼ》れそうなほど大きな瞳に白い肌。これほど美しい娘は王都にもそうはいないぞ」

とはお父様の言葉。

けれど、さすがにそれはきっと親としてのひいき目だろう。都にいる令嬢達が美しい方ばかりなのは想像がつくもの。

都からやって来る仕立て屋も、美しいお嬢様と言ってくれるけれど、それもお仕事故のお世辞が含まれているだろう。

でもまあ、自分で鏡を覗《のぞ》いても、まあまあなのではないかと自負している。

特に大きな青い瞳は自分でもお気に入りだった。

健康になっても、女の子は私一人ということもあって、お父様は領地から私を出してくれないから、他の方と比べることはできないのだけれど……。

そんな私の目下の関心事は、王都から届いた噂《うわさ》だった。

ハラルド王が花嫁を探している。

今代のハラルド王は、早くに先代を病で亡くしたせいで公務に忙しく、国王陛下としては結婚が遅れていた。

近隣の国からも縁談は寄せられているし、国内でも世話を焼こうとする人々は多いのに。

そこで終《つい》に業を煮やした重臣達が、近々娘達を王都に集めて本格的な花嫁の選定に入るというのだ。噂、だけれど。

その噂を教えてくれたのは仕立て屋だった。

「お嬢様でしたら、きっと花嫁候補に選ばれますよ」

その一言を聞いた時から、私の心は躍った。

陛下の花嫁。

ということは王妃。

その響きに憧れない貴族の娘がいるだろうか？

いいえ、きっと平民の娘達でさえ、『もしかしたら』と夢見ているだろう。

お父様によると、ハラルド王は聡明《そうめい》でお優しく、金色の髪の美男子だという。

それに、王都へ行くということも憧れだった。

小さな頃に何度か連れて行ってもらったが、まだ王城に足を踏み入れたことはなかった。

馬車の窓から見えたのは、高い城壁に囲まれた巨大な城、空へ聳《そび》える尖塔《せんとう》、重厚な跳ね橋。

その何《いず》れもが、初めて見る荘厳な雰囲気を漂わせていた。

城の敷地内には水路が巡らされ、庭園のあちこちにそれぞれ意匠を凝らした東屋《あずまや》が配置されていて、さらにその奥の離宮には今も竜帝が住むという。

一度でいいから、あの中を見てみたい。

きっととても美しいだろう。

けれどその夢を叶《かな》える前に、私には一つの試練が与えられた。

「明日から暫《しばら》く、王都の調査団が当家に滞在する。お前達も粗相のないようお相手しなさい」

夕食の席でお兄様達にそう命じた後、お父様は私を見た。

「ソフィア、お前もだ。もし陛下の花嫁候補になりたいのなら、王城からの使者の前で、おかしな振る舞いをしてはいけないぞ。彼等はお前を考査しに来るわけではないが、彼等の口から王都にお前の評価が伝えられるだろうからな」

王城に出向いたことのない、深窓の姫。

誰も見たことのない娘の最初の評価がこれで決まる。

お父様の言葉はそういうことだ。

「努力いたします」

だから、私は気を引き締めた。

お父様の名に恥じぬように。いつか王都へ、王城を訪れることができるよう、細心の注意を払わなければ、と。

けれどそれは少し空回りの意気込みだった…。

お父様のお話があった三日後、王城からの使者は馬車を連ねて当家を訪れた。

調査団の筆頭はグレナディアでは珍しい黒髪の男性で、彼に続く者達の中にも、若く勇猛そうな殿方が多かった。調査団というから、老齢の学者様が多いかと思っていたのに。

けれどそのせいで、私は彼等に近づくことを許されなかったのだ。

嫁入り前の娘が、殿方の群れに囲まれるなど歓迎できないというお父様の言葉で。

皆様のお顔を拝見できたのは、歓迎の晩餐会《ばんさんかい》の一度だけ。

しかもテーブルでの席も離されたまま。

せっかく王都のお話を伺うことができるかと思っていた私は、がっかりした。

綺麗《きれい》に着飾った私に、賛美の言葉は届けられた。

けれどそれは遠いテーブルごしで、彼等の言葉の真偽すらわからない。

他家のパーティに出た時ですら、ダンスのお相手をするぐらいには近づくこともできたのに。

「当然ですわ、お嬢様。あの方達はお仕事でいらしてるんですもの」

と言われてしまえばそれまでだけれど…。

一番辛かったのは、彼等が邸内を自由に歩き回ることを許されたので、反対に私は自分の私室のある棟から出てはいけないと言われたことだった。

「もしもあの中のお一人に不埒《ふらち》なことをされたら、陛下の花嫁候補から外されてしまうのですから、それも当然です」

子供の頃から付いていてくれるナニィの言葉には説得力があり、反論もできない。

「でもそれなら屋敷の外は？」

「外？」

「森になら行ってもいいでしょう？　彼等は水路や河川を調べに来たのだもの、きっと森には入らないわ」

健康になってから、私の一番の楽しみは森に一人で出掛けることだった。

きちんと森番を置いている敷地の森は、危険な動物もおらず、いかがわしい者の立ち入りも許さない、私にとって格好の遊び場だった。

「…日が暮れる前にお戻りになるのでしたら、奥様に伺ってみましょう」

部屋に閉じ込められているのは可哀想《かわいそう》と思ってくれたのか、ナニィは譲歩してくれた。

そしてお母様も。

調査団の方達が到着して三日目。

私は朝食を終えると、意気揚々と一人森へ向かった。

私は、この森が大好きだった。

大昔はここも寂れた荒野だったと聞くけれど、今ではその片鱗《へんりん》もない。

緑豊かで、可愛《かわい》らしい小動物や、美しい声で囀《さえず》る鳥達。

屋敷の庭では見ることのない花々。

けれど何より私を魅了していたのは、道から外れたところにある小さな泉達だった。

ある日、見かけたリスを追って見つけたその泉は、岩肌の苔《こけ》の間に清涼な流れを作り、せせらぎの音を響かせている。

流れの中には小魚がいて、じっとしていると時々小動物が水を飲みにも訪れる。

流れに足を浸し（公爵家の令嬢はもちろんそんなことはしてはいけない）、せせらぎと葉擦れの音に耳を澄ませて、キラキラと光る川面《かわも》を眺める一時は最高の楽しみだった。

以来、他にも同じようなところはないかと散策し、幾つかお気に入りの場所を見つけていたのだ。

なので、今日も、バスケットに菓子とお昼を詰めて、私は森への道を進んだ。

一番のお気に入りの泉へ。

誰も知らない秘密の場所へ。

細い森番の巡回路を進み、エニシダの樹《き》の横をこっそりと曲がる。

ドレスでは多少歩きづらい獣道を上り、暫く行くと、こんもりとした丘の麓《ふもと》へ出る。

シダの生えた岩の間から流れる清水は、そこに小さな泉を作っていて、その反対側にある広く浅い流れに続いていた。

いつまでも変わらず、ここは美しい。

「竜帝様に感謝して、今日もその水の恵みを私にもお分けいただきます」

この国の水の全ては竜帝様の支配下にあるのだと教えられていたので、私はそう祈りを捧《ささ》げると、靴を脱いで足を浸した。

「冷たい…」

窮屈な靴の中に押し込められていた指先が広がってゆくのを感じながら、流れに張り出した大きな岩に腰を下ろす。

豪華なサロンで美術品に囲まれるのも素敵だけれど、こうして森の中で過ごすのも素敵。

貴族の令嬢というだけでこの楽しみを奪われる王都の女性達は可哀想だわ。

それとも、王都に屋敷を持つ方々は庭園にこれを再現するのかしら？　お父様も王都の屋敷には王城から引いた水路があるとおっしゃってたし。

でもきっと、この澄んだ空気までは真似《まね》できないわね。

そう思って深く息を吸い込むと、傍らの茂みがガサガサと音を立てた。

ここには狼《おおかみ》も熊も、侵入者もいない。

だからきっと鹿か何かだろうと視線を向けると、こんもりとした枝を押しのけて、黒い塊が現れた。

人だ。

黒い髪に黒い服、剣を下げたその姿には見覚えがあった。

「それ以上近づかないで！」

私は慌てて岩の上に乗った。

「…何者だ」

私の制止の言葉など耳に届かぬかのように、彼は近づいて来た。

「あなたが王都の使者様であられることは存じております。ですからどうぞ、この流れを渡らずそのままでいて下さい」

彼は晩餐会で見た、調査団の一員であることがすぐにわかった。

珍しい黒い髪の、調査団のリーダー。

「私のことを知っているとは、公爵家の者か」

「イグリード家の娘、ソフィアでございます」

こちらが名乗ると、やっと流れを渡ろうとしていた足が止まる。

「ご息女？」

訝《いぶか》しげな表情。

それもそのはず。

普通、公爵家の令嬢は、供の者も付けずにこのような森の奥をふらふらとしているわけがないのだから。

「忍んで来たのか。逢《あ》い引《び》きか？」

「違います」

「では何故このようなところに」

「それは…、好きだからです」

「好き？」

「このような場所が好きなので…」

言っていて恥ずかしくなってしまう。

自分の身分を考えれば、はしたないことだということはわかっていたから。

「何もないこのような場所が好き？」

「何もないなどということはございません。このように美しい場所は人に秘密にしても通いたいと思うものです」

「秘密か」

彼は笑った。

怖い人かと思っていたのに、その笑みは優しげに見えた。

「そちらこそ、何故《なぜ》このような森の奥に？」

「水源の調査が私の仕事だ」

「けれどこのような小さな泉にまで」

「どのような場所も、だ。公爵はここの存在を知らぬようだったがな」

「このような奥地にまで、父は足を運びません」

「森番も何も言っていなかったな」

「森番は、森に不審者が立ち入らぬようにするのが仕事。命じられたことはちゃんと成し遂げております」

「ふむ…」

彼はブーツを濡《ぬ》らし、流れを渡って来た。

「どうか近づかないでください。殿方との密会と思われれば父にお叱りを受けます」

「ここには誰も来ないのだろう？　では誰にも見咎《みとが》められることはなく、叱られることもなかろう」

「でも…」

近づく男が怖くて、私は後じさった。

濡れた岩は滑りやすく、その途端足を滑らせて、岩から落ちそうになってしまう。

「あ…！」

「危ない！」

彼は飛ぶように近づき、落ちかけた私を抱きとめた。

「大丈夫か」

逞《たくま》しい腕は、そのまま私を軽々と抱き上げた。

「離して…！」

男の人の腕。

恥ずかしくて、怖くて、身を捩《よじ》って逃れようとしたが、適《かな》わなかった。

「暴れるな。服を濡らせば帰れなくなるだろう」

「殿方に辱めを受けることの方が重大です」

「子供は相手にしない。静かにしなさい」

「子供だなんて…。私はもう大人です」

「だったら、おとなしくしていなさい」

彼はそのまま私を乾いた岩の上へ下ろした。

「嫁入り前の娘が男を恐れるのはわかるが、私にはそのつもりはない」

そしてすぐに身体を離す。

「さあ、これでいいだろう」

相手の毅然《きぜん》とした態度に、騒いだ自分の非礼に気づいた。

彼は、紳士的に振る舞った。

滑り落ちようとした私を助けてくれただけなのだ。それなのに必要以上に騒ぎ立てることの方がみっともないと。

私は赤面し、ドレスを直すと、改めて彼に向き直り、深く頭を下げた。

「失礼いたしました。助けていただき、ありがとうございます」

「ここがお前の気に入りの場所ならば、好きにすればいい。私は水源の調査を終えたらすぐに立ち去る。公爵家のお転婆《てんば》娘がいたことなど忘れてやるから安心しろ」

お転婆娘…。

それは確かに、裸足《はだし》で水に浸《つ》かるなんてみっともないことかもしれないけれど、ほぼ初対面の人にそう言われるのは心外だった。

彼だって、供の一人も付けず、勝手に他家の森の中をうろついているクセに。

けれどここで怒っては恥の上塗りだということもわかっていた。

「こんな小さな泉にまで調査が入るのですか？　もしかして、町の井戸のように囲ってしまうのでしょうか？」

「『囲ってしまう』と言うことは、お前はそれを嫌がっている、ということか」

まあ、私を『お前』だなんて。都から来たというだけで、随分と大きな態度だこと。

「この泉の水を求めて、動物が来ます。ここから続く流れには魚もいます。このままにしておくほうが、森のためだと思いますわ」

私がそう言うと、しかめつらをしていた彼の顔がふっと柔らかく笑った。

まあ、この人は何て素敵に笑うのかしら。

「家の中に籠もって宝石に目の色を変えているのが貴族の娘かと思ったが、正しい考え方をする者もいるのだな」

濃いブルーの瞳、通った鼻梁《びりょう》、少し肉の厚い唇。

落ち着いて見ると、この方はとてもハンサムだった。それに気づいた私も、少しドキリとしてしまうほど。

「殿方の前で森の水が冷たいなんて話をするのがはしたないと教えられているだけで、他の方だって同じ考えだと思いますわ。男性がそういう話題を好まないだけで女性を勝手に判断なさるのは早計です」

「では、お前は違うと覚えておこう。ここはこのままにしておく」

「あなたにはその権限がおありなのね？」

「ある」

きっぱりとした言い方。

私を『お前』呼ばわりすることといい、若いのに調査団のリーダーを務めていることといい、きっとこの人は王都で高い位置についているのね。

よかった、カンシャクを起こしたりしないで。

「水が土地に馴染《なじ》んでいるかどうかを確認しているだけだ。私は手を加えることはしない。だが、あまり細かいところにまでは目が届かなくてな」

「見るだけですの？」

「もし澱《よど》んでいれば、綺麗にしてやる」

澱んでいる…。

言われて、一つの泉を思い出した。

「あの…。もしよろしければそういう場所へご案内いたしましょうか？」

「そういう場所？」

「この奥に、少し前から流れが澱んでいる場所があるのです。落ち葉が溜《た》まっているわけでもないのに、上手《うま》く流れなくて……」

「森番はそんなことを言っていなかったぞ」

「だって、森番は外から不埒な者が入ってこないようにするのが仕事ですもの。中のことまではそんなに詳しくは調べませんわ。それに、この森の樹は伐採しなければならないほど太いものもありませんし、父はここで狩りをしませんから」

「好きにさせている、ということか」

「私はそれでいいと思っております」

「何故？」

「何もかも、人の手で管理しなければならないとは思いません。父は、あるがままを愛しているのだと思います」

ああ、また笑った。

元々が表情を見せない顔だから、少し口元を緩めるだけでもとても優しい微笑《ほほえ》みに見える。

「もしよろしかったら、ご案内いたしましょうか？」

「案内できるのか」

「私は子供の頃からこの森で遊んでおりますから」

「筋金入りのお転婆か」

ただ言葉遣いは礼儀正しくも、素敵でもないわね。

「森を愛しているだけです」

「わかった。では案内を頼もう」

「その代わり、お願いがあります」

「お願い？」

「私と森で会ったことは内密にしていただきたいのです。こんな人のいないところで殿方と二人きりになったなんて、父に知られたら怒られてしまいますから」

「いいだろう」

彼は頷《うなず》くと大きな岩の上に残していた私の靴を取って、足元へ揃《そろ》えてくれた。

「裸足では歩きにくいだろう」

「…ありがとうございます」

裸足の足先を見られるのは恥ずかしかったが、靴を履き、バスケットを手にする。

「貸しなさい、荷物は持ってやろう」

「大丈夫です」

「手を引くより荷物を持つ方が楽だ」

彼は私の手からひょいっとバスケットを奪った。

強引な人ね。

「…ありがとうございます」

私はドレスの裾を摘まみ、彼の先に立って歩きだした。

「お前は、いつもこうして歩いているのか」

「私は『お前』ではなく『ソフィア』という名前があります。黒い方」

「…失礼。ソフィア殿。私はドラガンだ、黒い方ではない」

「ではドラガン様。私はこうして森を歩くのが大好きです」

ここまで色んな姿を見られたのだし、隠すことでもないと思ったので、私はきっぱりと言い切った。

「手入れのなされていない森を歩くのは大変だろう。服も汚れる」

「転ばなければ汚れることは…イタッ」

ツン、と髪を引っ張られて少しのけ反る。

でも私の髪を引っ張ったのはドラガン様ではなかった。

結い上げていなかった巻き毛が、張り出した枝先に引っ掛かったのだ。

「じっとしていろ」

彼が近づき、枝に絡まった髪を外してくれる。

目の前に立たれると、彼の着ている服には細かな刺繍《ししゅう》がなされていることに気づいた。針目の細かい、上質な刺繍だ。

　この人は、やはり高位貴族なのだわ。

「服は汚れなくとも、髪は乱れそうだな」

　でも口の利き方は少し憎たらしい。

「引っ掛かった髪を解くのも楽しみだと思ってますから」

「では余計なことをしたか？」

「…今は先を急ぎますから、素直に感謝いたします。ありがとうございます」

「私が前を行く、ソフィアは後ろから付いてきて、指示を出してくれ」

　髪を解いてくれた彼は、止める間もなく私を追い越して歩きだした。

「…そこの大きな樹《き》を右へ」

「右か」

　王都の男の人達は、皆こんなに横暴なのかしら。

　それとも女の案内で、後ろにつくのが嫌なのかしら。

　ちょっとムッとしていたが、すぐにそうではないことに気づいた。

　彼は、私のために道を作ってくれているのだ。

　彼ならばそのまま進んでも気にならないような小枝を折り、大きな枝は私がその下をくぐり抜けるまで押さえてくれている。

　今まで、誰かと一緒に森を歩いたことがないわけではなかった。

ここほど鬱蒼《うっそう》とした場所でなくても、ピクニックで森へ入ったこともあるし、森番が案内してくれたこともある。

そういう時、彼等も同じことをしてくれた。けれど彼等は皆『さあどうぞ、避けておきましたよ』と口に出していた。

私を助けてくれたことといい、今といい、この人はとても優しい人なのだわ。ただ口が重たいだけで。

もしかしたら、女性と対峙《たいじ》することが少ないのかもしれない。だから、優しい言葉を使うことができないのね。

「そちらを左へ」

それが証拠に、ぬかるんだ場所へ差しかかると、地面を踏み固め、振り向いて私に手を差し出してくれた。

無言のままで。

「ドラガン様は森がお好きですか？」

そう思うと、目の前の大きな背中を見つめているのが楽しくなってきた。

「うん？」

「私は好きです」

「のようだな」

「王都にも森はありますか？」

「小さなものは王都の外れにある」

この方は、礼儀を心得ている紳士のようだもの、少しぐらいお話してもいいだろう。

「それは寂しいですわね」

「寂しい？」

「森がなければ、人以外の生き物が少ないということでしょう？」

「犬や猫を飼う者はいる」

「鳥や鹿やリスやウサギは？」

「王城の庭園にいるな」

「ドラガン様は王城に入られたことが？」

「…仕事だからな」

「それは素敵ですわね」

「素敵？」

「憧れます」

「公爵家の娘ならばいつでも行くことはできるだろう。拝謁《はいえつ》の許可も下りるし、晩餐会《ばんさんかい》に出席することもできる」

「ええ。でも私は行ったことがないのです。…そこを上ってください」

小さな石垣になったところを示すと、やはり彼は振り向いて私に手を差し出した。

もう彼の手を取ることに、警戒も腹立ちもなかったので、私はその手を借りた。

「今では信じていただけないでしょうが、子供の頃は身体が弱かったので、こちらで静養していたのです。ですから、父や兄達の語る王城には憧れが」

「大したところではない」

「それはお住まいになっている方の言葉です。離れた場所で暮らすものは、一度でいいから行ってみたいと考えるものです」

「そんなものかね」

「そんなものですわ。ああ、着きました。ここです」

潅木《かんぼく》を抜けると、そこには先ほどよりも小さな、池のような水溜《みずたま》りが現れた。

近くの樹から落ちた葉が水面を覆い、そこから続く流れも、細くなっている。

「大変」

私は慌てて流れの側へ行き、詰まっていた葉を手で取り除いた。

けれど水はちょろちょろとしか流れては来ない。

「退け」

彼は私を押しのけると、流れの中に手をグッと突っ込んで、もっと多くの葉と、泥をかき出した。

その途端、まるで待っていたかのように水が溢《あふ》れ出《で》る。

「葉だけではなく、泥が詰まっていたのね。まあ、もっと深く手を入れてあげればよかった」

「お前は…」

本当に貴族の娘らしくない、という顔で見下ろされる。

そして大きくため息をつかれた。

「泥に手を突っ込むより、ここを綺麗《きれい》にしたいのなら長い木の棒を探してこい」

「棒？」

「綺麗にしたいのだろう？」

「わかりました」

何に使うつもりかわからないけれど、一目見ただけで流れを綺麗にできたのだもの、彼の言うことには従った方がいいだろう。

私はすぐに森の中へ戻り、長い棒になりそうなものを探した。

「こんなのでよろしかったでしょうか？」

暫《しばら》くして細い棒を持って戻って来ると、私の自分の仕事が遅かったと知らされた。

澱んで葉に覆われていた水面には何も浮かんでおらず、流れには滔々《とうとう》と水が注いでいる。

気のせいか、水自体が以前よりも澄んで、美しかった。

「凄《すご》いわ。流石《さすが》だわ」

嬉《うれ》しくて、池に駆け寄る私を彼の腕が捉えた。

「あまり近づくな、また落ちるぞ」

「またって、一度も落ちたことはありません」

「さっき落ちかけただろう」

それを言われると…。

「驚かされなければそのようなことはございません。…もう必要ないかと思いますが、これ、おっしゃっていた棒です」

手を逃れ、棒を差し出す。

「必要がないわけではない」

彼はそれを受け取ると、池の中へグッとそれを突っ込んだ。

「流れてくるものだけでなく、水が湧く場所がここにある。もしまたここが澱むことがあったら、棒の下辺りを掃除してやれ」

なるほど、この棒は目印にするつもりだったのね。

「わかりました」

「ただし、手は入れるなよ」

「…そんなことはしません」

棒の沈んだ分を見れば、そんなに深くはないだろうと思うけれど、私の腕では足りないだろう。

子供扱いされているのだわ。思慮が足りないと思われているのね。

「あの…、ドラガン様。もう一カ所見ていただいてもよろしいでしょうか？」

「他にもあるのか？」

「ここが一番酷《ひど》いところでしたけれど、他にも幾つか流れが細くなったり、澱んでいたりするところがあるのです。この森は泉や小川が沢山あるのですが、皆小さくてすぐに澱んでしまうのです。そのままにしておくと、沼のようにぬかるんでしまうから、気をつけてはいるのですが…」

「それこそ森番の仕事だろう」

「彼等には彼等の仕事があります。余計なことはさせたくありません。それに…、見回りが来るようになると、私は出歩くことを許されなくなりますから」

誰も立ち入らないから、一人で歩き回ることが許されているのだ。

もしも森番と遭遇する可能性が高くなったら、はしたないからお止めなさいと言われてしまうだろう。

「わかった。今日のことは内密にしておいてやる。お前の知っている限りの泉を教えろ」

「はい」

よかった。やはりこの方は優しい人だわ。

私は喜んで次の泉に彼を案内した。

ドラガン様はまた先に立って私に道を作り、泉につくと、同じように私に目印の棒を探させている間に流れを綺麗にしてしまった。

調査団のリーダーだけあって、こういうことのプロなのね。

「ドラガン様、お腹《なか》は空きません？」

「そうか。そろそろ昼食時だな。お前は戻ってもいいぞ」

「私、お弁当を持って来ているんです。一人分だから、男の方には少ないかもしれませんけれど、半分お召し上がりになりませんか？　この先に開けた場所があるんです」

「…お前はまるで森に住む精霊のようだな。どこに何があるか、みんな知っているわけだ」

「それは褒め言葉と受け取ります。全部ではありませんけれど、あなたよりは詳しいと思いますから、どうぞ」

春先には野いちごの群棲地《ぐんせいち》になる場所に行くと、彼は羽織っていたマントを敷いて私を座らせてくれた。

簡単なサンドイッチと、焼き菓子を半分に分けて一緒に食事をする。

不思議な気分だった。

男の人って、もっとおっかなくて、うるさいものだと思っていたけれど、この人は物静かで、彼の方こそ森の精霊のようだ。

黒い森の王。

うん、素敵な響きだわ。

子供の頃に読んだ絵物語のよう。

「ドラガン様はこの後も森を歩かれるのですか？」

「そのつもりだ」

「もしよろしければ、私がご案内いたしましょうか？」

「お前が？」

お前ではないと言ったのにまたこの方は…。

「もちろん、父達には内緒ですけど。ここの森は先ほども申しましたように、狩りに使うわけでもないので、馬を乗り入れる道もなければ泉の目印もないのです。下流の流れからたどっていかないと水源にはたどり着きません。けれどそれではドラガン様も大変でしょう？　ですから、もしよろしければ私がご案内してもと」

「男と二人きりは困るのではないのか？」

彼は少し意地悪く笑った。

「見知らぬ方に警戒するのは当然のことです。でもドラガン様は警戒しなければならないような不埒《ふらち》な方ではないと思いました。お口は重たいようですが、水のことは専門家でもいらっしゃいます。この森を美しくするためには、ご協力したいと思わせる方でした」

「口が重たいか。確かにそうかもしれないな。人と会話をするのは面倒だ」

正直な人。

女性が相手ならば『そんなことは』とおっしゃるかと思ったのに。

「私がずっと無言のままでもいいのか？」

「会話をするために会う、サロンではありませんもの」

彼は暫く何かを考えるように黙った。

やはり女から『一緒に』だなんてはしたなかったかしら？

でも、彼の仕事を見るのは、とても楽しいような気がした。

それに、彼は私をお転婆《てんば》とは言ったけれど、みっともないとか、家に籠もっていろとは言わなかった。

それがまるで認められたようで嬉しかったのだ。

「いいだろう。では明日、もう一日だけ頼もう」

「もう一日だけですか？　一日では回り切れませんよ？」

「明日連れ歩いて、音をあげなければまた頼むかもしれない」

「では明日は試験ですわね」

「そうなるな」

ちょっと楽しみだわ。

「わかりました。では明日はもっと動きやすい格好をして参ります。今日は岩場でくつろぐだけのつもりでしたから、歩きにくかったですし」

「それでは、今日は食事を終えたら帰ろう。送って行った方がいいか？」

「とんでもない。一人で帰らなければ怒られてしまいます」

「そうか。では今日はもう帰りなさい」

「でもまだ…」

「明日出掛けるつもりがあるのなら、帰りなさい」

ぴしり、と言われて反論の余地はなかった。きっと彼は命令することに慣れているのね。

「明日、また今日会ったところで待ってるといい」

「何時頃ですか？」

「いつでも。あの辺りにいるから、呼べばいい」

いい加減だけれど、彼が立ち上がってしまったから、もうそれ以上会話をすることができなかった。彼のマントを敷物にしていたから、彼が立ち去るつもりならば、私も立ち上がらなければ失礼だもの。

「では、ドラガン様、また明日」

最後だけでもと、貴族の娘らしく私はドレスの裾を持って深く腰を屈《かが》めて彼に別れの挨拶を送った。

けれどその時には既に彼はマントの汚れを払い、私に背を向けて歩きだしていた。

森の中へ。

振り返りもせずに。

けれど意識されていないことが、私をほっとさせた。

彼となら、出掛けても大丈夫だろうと。


翌日、私は狩りに行く時の格好で森へ向かった。

髪はしっかりと結い上げ、帽子を被《かぶ》り、短ブーツに裾を短くしたドレス。これならば足手まといにならない自信を持って。

もちろん、家の者には彼と会うなんて言わずに。

王都に行かなくても、パーティには出る。

そこでダンスに誘われることもある。

でも実は私は男性が苦手だった。

殿方が私を見る目は、『公爵家の娘』を値踏みするような視線だったから。

優しくされても、冷たくされても、彼等の態度は私に向けたものではなく、お父様に対するもののように思えて仕方がなかった。

でも、ドラガン様は違う。

あの方は、私のことをぞんざいに扱うけれど、お父様のことも見ていなかった。

つまり、私という人間に対してぞんざいなのだ。

それは心地よかった。

彼ももちろん貴族なのだろうけれど、父の爵位も、自分の爵位も関係ないのだ。

彼にとって私は、ただ森を案内してくれる娘に過ぎない。

今日も、その態度は変わらなかった。

「では案内してもらおうか」

昨日と違って、ちゃんとした身支度を調《ととの》えた私を見ても、『お似合いです』の一言もない。

「少しは歩きやすい靴を選んだようだな」

の一言がせいぜいだった。

「滑って転んで、またお手を煩わせては失礼ですものね」

だから私も強気の発言で返した。

でも彼はそれで不快な顔をしたりしなかった。

「いい心掛けだ」

それどころか、厭味《いやみ》とも取らず、褒めてさえくれた。

変わった方だわ。

でもそれが心地いい。

森を歩くのは好きだったけれど、いつも一人きりだった。

誰かを誘うなんて、考えたこともなかった。使用人が一緒では、あれをしてはいけない、これをしてはいけないと注意ばかりだし。誘って一緒に来てくれるようなお友達もいない。

お友達がいない、のではない。

森を歩いてくれる友達、がいないのだ。

だから人と一緒に歩くことは楽しかった。

何より彼と歩きたかったのは、彼が魔法のように水を蘇《よみがえ》らせてくれるからだった。

「そこの石を退ける。そうすれば流れに勢いがつく」

「底の泥を少しかき出した方がいいだろう。湧水の邪魔になるから」

「ここはいじらなくてもいい。今のままで十分だ」

連れて行く場所、場所で、彼は的確な判断を下した。

そして私にも手伝わせた。

公爵家の令嬢に手伝いなどさせられないという遠慮はない。

それが嬉しかった。

「私、少しはこの森の役に立っているかしら？」

昼食の休息を取った時、私は訊《き》いてみた。

手入れをする必要のない大きな川の流れの側《そば》、今日は彼は敷物を持ってきてくれて、その上に座ってそれぞれ携帯したお昼を広げる。

「立っている。正直驚いた。口先だけでなくよく動くとな」

彼は河原の石を積んで火を熾《おこ》し、川の水でお茶を淹《い》れてくれた。

この方は戸外で食事をすることにも慣れているらしい。

「森を歩くのが好きだとか、動物が好きだとかいう娘には何度か会った。だが、実際自分の手を汚してまで何かをしようとする者は少ない。ソフィアは上辺だけが好きなわけじゃないんだな」

褒められて、少し照れる。

「最初からじゃありません。今も虫だけはだめです」

「だが魚は摑《つか》めるようだな」

「それが最初でしたから」

「最初？」

「昔、川辺で遊んでいる時、魚が跳ねて川辺に落ちたんです。ビクビク跳ねて、そのままにしてたら死んでしまうのはすぐにわかりました。でも生きてる魚なんて怖くて…」

砂利の間で蠢《うごめ》いていた魚の様子を思い出す。

あの時も、私は一人だった。何とかして、と頼む相手もいなかった。

「見ている間にだんだん動かなくなってきて、怖くなって。でもこのままにはできないと思って、何とかハンカチに包んで川に戻してあげたんです。そしたらあっと言う間に泳いで逃げて行きました。嬉しかった」

「嬉しい？」

「私にも何かができたということが。だって、それって私が魚の命を助けたってことでしょう？　自分が命を助けたなんて、とても素敵なことだわ。だから、できることは何でもしたいんです。この森を歩くのが好き、流れを見つめるのが好き。だったら好きなものを与えてくれる森に何かしてあげたいって」

熱弁を振るってしまってから、ちょっと恥ずかしくなって窺《うかが》うように彼を見た。かっこいいことを言い過ぎたかしら？

けれどドラガン様は優しく微笑んでいた。

「あの…」

「命に手を貸そうというのはいい考えだ」

静かな声。

この人の声はとても耳触りがいい。

「何かをしたいと考えるだけでもいいことだが、それを実行に移すことはもっといい」

「…でもお父様達はあまり喜ばないでしょうね」

「だろうな」

そんなことはない、と言ってもらえるかと思ったのに。その返事は少し残念だった。

「ドラガン様も、いけないことだと思いますか？」

「いけないということはない。いいことだと言っただろう。だが、それぞれの立場を考えるべきだとは思う」

「立場…？」

「川を掃除するというのはいいことだが、王が自ら川の中に入って掃除をすることには意味がない」

「でも…」

「王の立場ならば、それを行うように命じることが正しい」

「自分ではしてはいけないのですか？」

「そうではない。王の仕事はもっと他にあるということだ。王の仕事は統治であって掃除ではない。掃除は彼の沢山の仕事の中に含まれてはいるだろうが、全てではない。掃除をしに川に入るぐらいならば、外交や治世に心を砕くべきだ」

それはわかるわ。

確かに朝起きて川に掃除に向かう王様なんて想像できない。

「よい行いではあっても、優先順位があるということですね？」

「優先順位というのとは違うな。彼ならば、こうして川の調査を命じることができる。掃除が必要ならば、それをしろと命じることができる。それで十分だと言うのだ」

「他人にやらせることは責任を放棄することにはなりませんか？」

「やるかやらないかわからない者に投げ渡すのならば責任の放棄になるだろうが、きちんと命じて、事後の報告を受ければ責任を果たすことになるだろう」

父や兄も、私に色々な話をしてくれる。

「物事を知るのは王の最初の仕事だ。それは人でも同じだ。力があるからというだけで、知らなくてもいいと思うことが一番危険だ。知った後で、それが考えるに足ることかどうかを取捨選択するべきだ」

けれど物事の筋道というか、こういう話はしてもらえなかった。

「それでいうとソフィアは最初の務めは果たしている」

「私と王を同列に並べるんですか？」

「人は人だ。王位は役割であって権力ではない。王には王の務めが、お前にはお前の務めがある。それに見合う見返りがある。ただそれだけだ。王の仕事に対する見返りは人々の信奉が集まることだ。農夫に作物の実りが返されるように」

子供だから、女性だから、知る必要はないとされていた。

けれど彼は、静かな声できちんと答えてくれる。

「では私は？　私は何をして、何を得るのでしょう？」

「私にはわからない。それはお前が望んで、決めることだ。だが女であるというのなら、自分の周囲の人間のために尽くし、家庭を持つという幸福を得るのが基本だろう」

「結婚して子供を産め、と？」

「女性でも、仕事を得る者はいる。そういう者はその仕事で得るものが報酬だ。女狩人《かりゅうど》が獲物を取るようにな」

「女狩人…、は無理ですわ。弓など持ったこともありません」

「たとえだ」

彼はクスリと笑った。

子供っぽかったかしら？

でもその笑顔も素敵だわ。

「森を守りたいと思ったら、何になればいいのかしら？」

「森番でも、狩人でも、領主でも、王妃でも、なりたいものになればいい」

森番と王妃を同列に扱うなんて、変わった人。

でも彼の言葉でふっと思い出した。

「ドラガン様は、陛下にお会いしたことはあります？」

「ある」

「とても素敵な方なのでしょう？」

「興味があるのか」

「この国の女性で陛下に興味のない方はいらっしゃらないと思いますわ。特に今は」

「今？」

王都にいらっしゃって、陛下に拝謁の許可を得ていらっしゃるのに知らないのかしら？

「だって、お后様《きさき》選びが行われるのでしょう？」

「…ああ。そんなことを聞いたな。ソフィアは王妃になりたいのか？」

「とんでもない。そんな大それたことは…。でも、候補に選ばれたら、王城に招かれるのでしょう？　それには憧れます」

私はつい、正直に言ってしまった。

でも彼ならば笑い飛ばしたりはしないだろう。

「私、王都には数えることしか行ったことがないのです。王城にはまだ一度も。お父様達から伺うと、とても素晴らしい場所なんですって。お庭も広くて、庭園には見たこともない花が咲いていて、水路が巡らされていて、幾つもの離宮があって」

私にとっては夢の世界だわ。

「でも、王城へは招かれなければ行けないでしょう？　私のように田舎領地で暮らしていた娘が呼び出されることなんて、まずありませんわ」

「公爵家の娘ならばそんなこともないだろう」

「そうなんですか？」

「晩餐会《ばんさんかい》も多く開かれている。王都へ行けば、すぐにでも招待状が届くだろう」

「それが本当なら素敵だわ」

「森よりも城か」

「あら、それは違います。どちらも別々に好きなんです。過ごすのは森の方が好きですが、王城の生活を覗《のぞ》いてみたいという気持ちもあるだけです。ドラガン様も、山も好きだけれど海も見てみたいとか、そういう気持ちはありません？」

「そうだな」

あまり表情の出る方ではないけれど、この方はとても話しやすい。

愛想はあまりよくないけれど、彼は常に私の言葉をきちんと耳に入れ、答えてくれるから。話していることが楽しい。

「だが王城では流れに足を浸すことはできないだろう」

「まあ、そうなんですか？　それは残念だわ」

「残念か？」

「だってあんなに気持ちがいいのに。誰か王様に教えてあげればよろしいのに」

「王に？　何を？」

「ですから、流れに足を浸すと気持ちがいい、と。そうだわ、水路があるのなら貴族の方達みんなで水路を歩く行事でも作ればいいのよ」

「…貴族がみんなで水路を？」

「ええ」

私は真剣だったのに、彼は吹き出して笑った。

「何がおかしいんです？」

「いや、それはきっと間抜けな姿だろうな」

「酷《ひど》いわ。素敵なことなのに」

「だが、王城の水路は深い。歩けるような場所ではない。それこそ残念だな」

「いいわ。作られた水路じゃなくて、流れを歩くのが素敵なんだもの。みんなが可哀想《かわいそう》だって思うことにします」

「それで？　今日はお前は流れに入らないのか？」

「入りたいけど、この靴では」

私は編み上げの短ブーツを見せた。

「また別の日にします。今日は泉を綺麗《きれい》にするために来たのだから」

「そうか。では、早く調査を終えて、ソフィアが自由に水に飛び込めるようにしよう」

それも寂しい、とは言えなかった。

調査が終わるということは、彼がいなくなるということだ。せっかく一緒に森を歩ける相手ができたのに。

でも彼は仕事で来たのだし、男の人に『行かないで』と言うのは特別な意味を持つとわかっていた。

だから、ただ笑って、お弁当のサンドイッチの最後の一欠けを口に放り込んだ。

口の中を一杯にして、返事をしなくて済むように。

「…リスの頬《ほお》ぶくろみたいな顔だ」

と彼に笑われても。


その日のテストは合格だったのか、結局その後も二日ほど彼と森を歩いた。

その間も、彼が甘い言葉を囁《ささや》いたり、私に触れようとしたりすることはなかった。

きらびやかなパーティの席で、私は『男の人』を意識するように教えられた。相手が私を値踏みするから、決してみっともない真似《まね》をしてはいけないと。他人の評価というものは、正しくても間違っていてもあっと言う間に広がるもの。

だから、他人の目には気を付けなさい。

特に男性は、あなたに近づこうとするから、気を許してはいけませんと。

でも、ドラガン様にはそんな素振りはなかった。

私を値踏みすることもなく、近づいて来ようともしない。ただ側にいるなら側にいるというだけだ。

私が石の上を跳ね回っても、山道を駆け降りても、転ぶなよという注意をくれるだけ。

不思議な方だった。

不思議で、惹《ひ》かれる方だった。

彼の後ろを付いてゆくことが楽しくて、彼の役に立つことが嬉《うれ》しくて、彼に見つめられることが嬉しい。

ずっとこのまま一緒にいられればいいのに。

彼の整った横顔を見つめる度、強く思った。

けれど女の足で回るのが遅かったとしても、都合四日も歩き続ければ、殆《ほとん》どの水源は回ってしまったことになる。

残るのは、もっと奥の、ドレスでは入ってていけない場所なので、付いてきてはいけないと言われてしまった。

ほんの数日一緒に歩いただけだったけれど、その時間がとても大切だったから、私は置いていかれたような気持ちになった。

もっと一緒にいたいと思ったのに。

もっと色んな話ができればいいのに。

屋敷に滞在してはいても、そう話をすることもできないから、遠く見かける度に『もう一度一緒に森へ行きたいわ』という言葉を呑み込むのが辛かった。

そして調査団がやって来て一週間目。

私の気持ちを無視して、別れはやって来た。

「明日、お発《た》ちになるそうですよ。ですから今夜は晩餐会です」

ナニィに言われ、私は少なからずショックを受けた。

ドラガン様ともう会えなくなる。

彼が王都に帰ってしまったら、偶然のチャンスすらなくなってしまう。

美しいドレスで身を飾って晩餐会には出たけれど、そこで森でのことを話すことはできなかった。

あれは、二人だけの秘密だったから。

大きなテーブルで、決められた席に座り、離れた場所の彼を見つめる。

青い服に身を包んだ彼は、凛々《りり》しく、美しかった。

一度だけちらりと私を見てはくれたけれど、声はかけてくれなかった。

食事が終わってサロンに移っても、私の隣にはお母様がいて、彼と話をすることはできないと思われた。

けれど、彼はグラスを片手に私達に近づいて来てくれた。

別れの挨拶をしてくれるのね、嬉しい。

そう思って胸を躍らせたけれど、彼が話しかけたのは私ではなくお母様だった。

「長い滞在の許可をいただき、ありがとうございます」

静かな声。

「とんでもございません。大したおもてなしもできず、恐縮するばかりですわ」

「いいえ。公爵領は大変よい管理がなされていました。それが何よりのもてなしです」

森の中での愛想のなかった態度と違い、礼儀正しい言葉遣いは、別人のよう。

こうして見ると、彼は私などよりずっと大人の男の方なのだわ。

深く落ち着いた瞳は、お兄様よりも年上にさえ見える。

「またお目にかかることがあるかもしれませんが、どうぞご健勝で」

「そちらこそ」

「お嬢さんも、あまり話す機会はありませんでしたが、またいつかどこかで」

ふいに向けられた言葉に、私は悲しくなった。

別れることが、ではない。彼が『いつかどこかで』という、現実味の薄い再会を口にしたことが、だ。

「私が王都に参りましたら、その時にはお声をかけてください」

「ソフィア」

たしなめる母の言葉を無視して、私は続けた。

「お会いした時には、絶対に」

彼は困ったように微笑んだけれど、頷いてくれた。

「では、お会いした時には必ずご挨拶しましょう」

それだけだった。

それだけで、彼は私達から離れ、兄達のいる席へ戻ってしまった。

「ソフィア、殿方と再会を約束するなんて、軽率ですよ」

「王都に行ったら知り合いの方などいないのですもの。その時に誰かに声をかけてもらえたら嬉しいでしょう？」

咄嗟《とっさ》にごまかした言葉に、お母様は不承不承同意を示した。

「それはまあそうかもしれないけれど」

「会えるかどうかなんて、わからないことは私もわかっています。でも、『いつかどこかで』なんて、曖昧な言葉が嫌だっただけなの」

「おかしな娘ね」

おかしいわ。

それはわかってる。

でも本当に嫌だったの。

私はこの別れをとても悲しいと思っているのに、彼にはそんなでもないのだと思い知らされるのが。

結局は独りよがり。

ドラガン様はもう私の前に立つこともなく、私も彼に近づくことはできなかった。

調査団の他の方もご挨拶にはいらしたけれど、お父様の前では皆、一言、二言だけで立ち去った。

「嫁入り前の娘なのだから、これ以上お付き合いすることはないわ。もう部屋に戻りなさい」

と言うお母様の言葉が、その理由だろう。殿方達も『嫁入り前の娘』に気を遣っているのだ。

私も、お母様に逆らうことはできない。

もっとここに居たいのに。

もっとドラガン様と話がしたいのに。

いつかまたここを訪れて、一緒に森を歩いて下さいと願うこともできず、一人自室へ戻されてしまった。

けれどもっと悲しかったのは、翌朝、見送ることもできないまま、彼等が旅立ったことを知らされた時だった。

「次の調査があるとかで、朝一番に出て行かれましたよ」

せめて最後にその姿に手を振ろうと決めていたのに、朝食の席に着く前にその事実を聞かされ、私はすっかり気落ちしてしまった。

どうしてこんなにも寂しいと思うのか、その理由さえもわからず。

また今までと同じ日々に戻るだけ。

彼は男の人だし、お友達にはなれないとわかっていたじゃない。

そもそも、彼は仕事だからここにいただけなのだもの。一緒にいて楽しいと思っていたのは私だけ。黙って帰ってしまったのがその証拠。

残念だけど、忘れてしまった方がいい。

近くの伯爵家のレイアならば、もしかしたら一緒にピクニックには付き合ってくれるかもしれない。

一人が嫌だったら、そういう相手を探せばいいだけ。

今まではそういう相手がいなかったけれど、これからは見つけられるかもしれない。

でも……。

静かに話すドラガン様のことが忘れられなかった。

硬い表情の中に、時折彼が見せてくれた微笑《ほほえ》みがいつまでも胸に残った。

一人で森に出掛けた時も、茂みの中から再び彼が現れるのではないかと期待した。あの背の高い人の黒髪が、木々の向こうに見えるのではないかと。

そんなこと、あるわけがないのに。

いつか、どこかで。

彼が言った言葉が曖昧だと思ったけれど、それが事実だったということに気づいた頃、私の身に新しい事件が起きた。

調査団の方々が帰られた後、追うように王都に戻っていらしたお父様が突然戻られると、私を呼び出した。

お母様を同席させ、深刻な顔で口を開く。

「心して聞きなさい、ソフィア」

「公式に、陛下の花嫁選びが行われることが決まった。選ばれた者達が王城の後宮に集められ、選定されることになった」

噂《うわさ》では聞いていたこと。

それをわざわざ私を呼び出して聞かせるということは…。

「お前もその候補の中の一人として選ばれた」

ああ。やっぱり。

「まだお前が選ばれたわけではない。あくまで、候補の一人だ」

これは事件だわ。

驚きと喜びに身体が震える。

「集められるのは、国中の女性達の中でも優秀な者ばかりだ。家柄も、容姿も、頭脳も、礼儀も、何もかもトップクラスの令嬢ばかりだろう。もちろん、お前とてどこに出しても恥ずかしくないだけの教育は受けさせているつもりだ」

私が、王様の花嫁候補。

初めてその話を聞いた時から憧れていた。

本当になれるなんて思ってはいなかったけれど、そのチャンスを得て、王城へ行きたいと。

けれど所詮は夢だった。

お父様の爵位があれば、こんな私にも、と描いていた夢でしかなかった。

それが現実になるのだ。

「私達と離れ、他の娘達と争うことになるだろう。それでもお前はこのお話を受けるか？」

指先がピリピリした。

これは女性にとって最高の栄誉だ。

「私…、行ってみたいです」

「物見遊山では済まされないぞ？」

「わかってます。私など、まだ子供で、相手にもされないだろうってことも。それでも、行ってみたいです」

　お父様は少し複雑な表情でため息をついた。

「お前が王妃に選ばれれば、私にとっても一族にとっても栄誉なことだ。だが楽しいことばかりではないかもしれないぞ」

「はい」

「それでも行くか？」

「…行ってはいけませんか？」

　問いかけると、お父様はまたため息をついた。

「いや。お前に覚悟ができているのならば、行きなさい」

　覚悟だなんて、こんな素敵なことなのに。どうしてそんなに恐ろしいことみたいに言うのかしら。

「よかったわねぇ。私も嬉しいわ。すぐにお支度を調えなくては。ドレスも、宝石も、最高級の物にしましょうね」

　傍らでずっと黙って控えていたお母様は、こんなにも喜んで下さっているのに。

「あなた、お城へ向かうのは何時なの？」

「十日後だ」

「十日。まあ、短いわ。ドレスはすぐにでも仕立てないと」

「王城へ向かう移動の時間もあるのだぞ」

「まあ、それじゃ支度する時間がもっと短いじゃありませんか。でもいいわ。王都の仕立て屋でしつらえましょう。すぐに予約を入れないと、きっと皆同じことを考えるでしょうからね」

「お前が行くわけじゃないんだぞ」

「当たり前でしょう。私はあなたの妻なんですから」

「うむ…」

「よかったわねえ、ソフィア」

「はい」

満面の笑みを浮かべているお母様を見ていると、これは素直に喜んでいいことなのだとほっとした。

一瞬過《よぎ》った不安も消えた。

「明日には王都の屋敷に向けて出立する。細かい準備はあちらの屋敷でしなさい」

「明日？　まあ、大変。すぐに準備しないと」

「お母様、私は何をすればいいのかしら？」

「お前は何もしなくてもいいわ。今はね。あちらの屋敷についたら、また色々と忙しくなるでしょうから。今夜はゆっくりとお休みなさい。荷物の支度はお母様がしておきますから」

「はい」

「ああ、持って行きたいものがあったら言うのよ」

「はい」

最後に、お母様は私を抱き寄せてキスをくれた。

「お前は私の娘だもの。きっと選ばれるわ」

そう言って。

お后《きさき》様候補。

部屋に戻ると、私は喜びに声を上げ、一人でくるくると踊ってしまった。

だってそうでしょう?

憧れ続けた王城へ行けるのだもの。

王妃になれるとまでは言わないけれど、可能性はゼロではない。いいえ、そんな大それたことは望まなくても、とにかく淑女の仲間入りができる。

王妃になれないかもしれないと思うのは、卑屈だからではなかった。

王都には、元々王城に出入りしていた方が多くいる。私だって、身体が丈夫だったら、王都の屋敷で育てられただろう。

良家の子女は王都で育てられるものだ。

そうすれば、他家との交流も頻繁になるし、洗練された教育も受けやすい。観劇、サロン、ティーパーティに晩餐会《ばんさんかい》と、幾つもの催しに出て、マナーなども身につけられる。

言ってしまえば、私はその点においては大きく出遅れているのだ。

教育自体は、王都から教師を呼んでいたのだから、劣っているとは思わないけれど、交流ということでは全然だ。

近くに領地を持つ貴族の娘達とは会っているけれど、そう多くはない。

都での流行の話題も、人と人との関係にも疎い。

それは大きなマイナスになるだろう。

だから、あまり大きな期待は抱かない。

もちろん、万が一、は夢見るけれど。

今はただ、王城に入れる。

王様にだって直接会えるかもしれない。

そのことだけを喜んでもいいでしょう?

「ああ、素敵」

私はもう一度声に出して言った。

細かいことはこれから考えればいい。

今はただ、栄誉と憧れの成就に酔っていよう。

「…もしかしたら、ドラガン様にも会えるかもしれないわ」

そんな小さな夢も想像しながら…。


翌日、私とお父様とお母様は、取るものも取り敢《とあ》えず王都の屋敷へ向かった。

貴族は、陛下からそれぞれ国内に領地を戴《いただ》いている。

居城はそれぞれの領地にあり、そこからの収益を税として国庫に献上する。またそれとは別に、王都に屋敷を持つ者が多い。というか、あるのが普通だ。

なので当然、イグリード家も爵位に相応《ふさわ》しい屋敷を持っていた。

領地よりも豪華で、贅《ぜい》を凝らしたこの屋敷には何度か訪れていた。

その度に、遠く見える王城に憧れの目を注いでいた。

高い城壁に囲まれたあの中には、どんな世界があるのかと。

けれど、今回はそんな夢を見ている暇はなかった。

「まずはあなたに磨きをかけなくてはね」

と言うお母様の言葉と共に、毎日今までのお勉強のおさらい。そして服を仕立てたり、新しい理髪師を呼んだり。

本当に内側も外側もピカピカに磨き上げるといった感じだ。

そして皆様に良い印象を持っていただくためと、時間を見つけては女性だけのサロンに連れて行かれた。

母のお友達だけが集まる、堅苦しくない集まりだと言われたけれど、私にとっては緊張の連続。

「お身体が弱かったんですって？」

「ええ。でも今は健康そのものですわ」

「詩集などそらんじていらっしゃる？」

「もちろんですわ。この娘はキールの詩集が好きで」

「あら、陛下とご一緒ね」

にこやかに交わされる会話。

けれど何だか値踏みされてるみたいで居心地が悪い。

「ダンスはいかが？」

「何でも踊れますわ。母親の私が言うのも何ですけれど、まるで花が咲いたよう」

しかも質問の全てが、私ではなく母に向けられており、答えるのも母というのも何だかむずむずする。

楽しいばかりではないのね。

でも行ったことのない場所、会ったことのない人と会うことは楽しかった。

忙しく過ぎてゆく時間。

これが王都なんだわ、と感激していたのだけれど、こんなのはまだ序の口だった。

いよいよ花嫁の考査が行われることとなり、王城へ向かった時、私はこんなに栄誉なことなのにお父様がため息をつかれていた理由を知った。

馬車に乗り、初めて足を踏み入れる城の中。

まずその大きさと豪華さに驚いた。

私の屋敷だって、決して小さなものではない。

けれど王城は、城というよりも既に一つの街のようだった。

広い回廊を、お父様と一緒に進み、大広間へ向かうと、その驚きは更に大きくなった。

いったい、この広間には何人の人が集まるのだろう。

細工を施された大理石の床、天井には輝く幾つものシャンデリア。柱の一つ一つに壮麗な彫刻がなされ、バルコニーを遮るカーテンは、それでドレスが作れてしまいそうなほど上質の絹だ。

壁のあちこちに絵画や鏡がはめ込まれ、椅子は全て深紅のビロードが張られている。

更に、更に驚いたのは、そこに集められた人々だ。

朝一番からお母様が腕によりをかけ私を飾ってくださった時、正直、着飾り過ぎではないかと思った。

ふんだんに使われたレース、胸と腰のアクセントに使われたタフタのリボン。首にも腕にも、新しく揃《そろ》えられた宝石。

けれど共に並んだ女性達は、皆それに勝るとも劣らないほど美しく着飾っている。

みんな洗練された美しさを競っており、その中では、私なんかまるで子供だ。

「頑張りなさい」

呆然《ぼうぜん》としている私に、そう声をかけると、お父様は離れた場所にある席へ移った。

娘達と付き添いは別に分けられるらしい。

「緊張しますわね」

と隣にいる方に声をかけてみたけれど、一瞥《いちべつ》されただけで返事はなかった。

ここでは喋《しゃべ》ってはいけないらしい。

用意されていた席が全て埋まると、一人の侍従が進み出て、声を上げた。

「ハラルド陛下のおなり」

突然ファンファーレが鳴り響き、一同が起立する。

私も慌てて席を立った。

広間の奥、象牙色の大きな扉が開き、一人の男性が現れる。

すらりと背の高い、金色の髪の男性。

その方は、優しげな瞳で一同を見回し、優雅な身のこなしで玉座に着席した。

陛下は、金の髪だと知っていた。王城から簡単に出られないことも知っている。けれど、私は心のどこかでドラガン様が王なのではないかと思っていた。

あの堂々とした態度、王を語る時もまるで友人のことを語るようだった。だからもしかしたら、と。そうだったら、王城で会えるかもしれないと。

でもやはりそんなことはなかった。

目の前に現れた方は、柔らかな物腰で、無愛想だった彼とは似ても似つかない。

けれど、この方が国王陛下なのだわ。

私、本物の国王陛下にお会いできたのだわ。

もうこれだけでも、舞い上がってしまいそう。

「着席」

合図を受けて、皆がまた腰をおろす。

陛下は何人かの供を連れていた。

その中の一人が一歩前へ出た。

あの方はお父様に絵姿で教えられたわ。確か、国務大臣のバロス侯爵ね。

「比度《こたび》は陛下の伴侶となるべき女性を選ぶため、国内の優秀なる姫達を集めることとなった。

この場に列席している者達は、いずれもその選に相応《ふさわ》しい者ばかりと思う。優劣つけがたき賢姫ばかりと思うが、残念ながら王妃様としてお迎えするのはただ一人」

年配の方だというのに、バロス侯爵の声は広間に朗々と響いた。

「そこで今暫《しばら》く忠臣達の姉妹、娘である姫達を王城に住まわせ、その細かい人となりを考査することにした。どなたが王妃として相応しいか、自《おの》ずと判明するであろう」

彼が話をする度、空気がピリピリする。

「これより、姫達は後宮に部屋を与えられ、王城にて過ごしてもらう。侍女はそれぞれに一名ずつ、城が用意した者をつけるので、生活に不自由はないだろう」

聞き入る人々の緊張のせいだ。

「後宮内では、自由に過ごされてかまわないが、その行動の全てが、考査の対象であることは心に留めておいていただきたい。また、帰宅を希望する者は、何時でも侍女にそう申し出て構わない。国を司《つかさど》る者の妻となり、国母となる覚悟のない方には、王妃の資格もまた無しということになるからな。今でもいいのだぞ」

ここで侯爵は言葉を切り、私達をゆっくりと見回した。

帰りたい、と言い出す者を待っているのだ。

でもそんな人は一人もいなかった。

みんなギラギラとした目で前を見つめている。

「よろしい。では、君達の世話をしてくれる責任者を紹介しよう。ケルトナー伯爵夫人」

呼ばれて、控えめな印象の夫人が私達の席の後ろの方から前へ歩み出た。

「君達の全てのことに関する責任者だ。困ったことなどがあれば彼女に相談するとよい。女性同士の方が話しやすいこともあるだろうしな。詳しいことは奥で彼女から説明をききなさい」

侯爵の言葉が終わると、たおやかな婦人と思っていた伯爵夫人がきりっと顔を上げた。

「皆様を奥へご案内いたします。私語を慎み、お一人ずつ陛下にご挨拶なさってからそちらの扉の向こうの部屋でお待ちになるように。お付き添いの皆様は、ここでお引き取りください」

凛《りん》とした声と態度。

この方は重責に見合うだけのご婦人なのだわ。

私が夫人に気を取られている間にも、令嬢達が立ち上がり、一人ずつ陛下の御前に進み出て、挨拶を始める。

みんな美しい人ばかり。

私よりも年が上の方が多いみたい。

「レジエンヌ伯爵家の娘、エリイです」

「コート男爵家のロクサーヌでございます」

「イリエ侯爵家の娘、マチエです」

私も列に並び、順番が来るとしずしずと陛下の前に歩み出た。

ああ、足の運びはちゃんとしているかしら。みっともないところはないかしら。

「イグリード公爵家の娘、ソフィアです」

陛下の前に歩み出て、ドレスの裾を摘まみ、深く頭を垂れる。

その時だった。

今までの令嬢達が挨拶した時には、何も言わず微笑んで頷いていた陛下が、身を乗り出すようにして私に声をかけたのは。

「イグリードのソフィア？」

興味深げな声の響き。

「あ、はい」

恐縮し、もう一度頭を下げる。

「そうか、君がソフィアか」

「あの…、何か…？」

「ドラガンが言っていた泉の好きなお嬢さんだね」

「ドラガン様が？」

意外なところで聞かされた名前に顔を上げる。

陛下は、穏やかな微笑《ほほえ》みをそのままに頷いた。

「彼が女性の名を口にするのは珍しかったので、よく覚えているよ。彼は後宮への出入りが許可されている。そのうちまた会えるだろう」

また会える。

その言葉に胸が高鳴った。

目の前には、あれだけ憧れた陛下がいらっしゃるというのに、私の頭の中は名前だけの方で一杯になってしまった。

「再会したいかい？」

「はい」

「そうか、では言っておこう」

「はい。ありがとうございます」

嬉しい。

彼にまた会える。

陛下のお約束だもの、彼との再会が『いつかどこかで』じゃなくて、『近いうちに後宮で』に変わったのだわ。

早く会いたい。

また彼と、森や泉の話をしたい。

逸《はや》る心を抑え、喜びに包まれて陛下の前を辞し、私は隣の部屋へ向かった。

すると何故《なぜ》か、その部屋に控えていた女性達の視線が、一斉に私に向けられた。

「ソフィア様は確か領地でお育ちになったのよね？」

一番近くにいた紅《あか》いドレスの女性が声をかけて来る。

「あ、はい」

お綺麗だけれど、名前もわからない方だ。

「ドラガン様ってどなた？」

「あの…、水源調査の方です。以前私の領地に…」

「なぁんだ、役人なの」

何…だろう…。

「陛下に直接お声をかけていただいたからっていい気にならないことね」

「まだ胸も膨らみきっていない子供じゃない」

「あら、失礼よ。育ってその程度かもしれないじゃない」

どうして皆、冷ややかな笑みを浮かべているのだろう。

「公爵家のお嬢様だからって、特別扱いされると思わない方がよろしくてよ」

「そんなこと…！」

「さ、行きましょう」

後から続いて入って来た方達も、すいっと私を避けてゆく。

これは…、何？

どうして突然こんなことに。

「見て、あの娘も声をかけられてるわ」

「ギース家のグレイスね」

「あの娘はお姉様が司書で王城に入ってる娘よ」

「繋《つな》がりがあるからって得意そうに」

そうか…。

彼女達の戦いはもう始まってるんだわ。

ここにいる人達はみんな、私のように王城に入ってみたい、王様に会ってみたいなんて軽い気持ちでいらした方ではないのだ。

本気で陛下に見初められたいと思っているのだ。

「グレイス様はお姉様に感謝するべきねぇ。あなたみたいにつまらない娘でも、声をかけていただけたのはお姉様のおかげなのだから」

新しく入って来た、綿毛のような髪の女性に向けても、針のような言葉が向けられる。

「あ…。はい。然様《さよう》でございます」

グレイスと呼ばれた女性は顔を赤くして俯《うつむ》いた。

彼女達の本気はわかるけれど、これではイジメだわ。

無性に腹が立って、私は庇《かば》うように彼女の前に立った。

「グレイス様とおっしゃるのね。私はソフィア。これからどうぞよろしく」

「え……？」

「私、王城は初めてなの。もしよろしかったら、色々教えてくださいね。グレイス様は王城にお詳しいのでしょう？」

彼女はこちらの意図を窺《うかが》うように戸惑っていたが、私がにっこりと笑って手を差し出すと、ほっとしたようにその手を握ってくれた。

「こちらこそ、どうぞよろしくお願いいたします」

可愛《かわい》らしい方。

こんなに可愛らしい方まで、ちょっとお声をかけていただいただけで冷たくあしらわれるなんて、理不尽だわ。

楽しいことばかりではない。

そんな予感がした。

そしてそれはすぐに現実となるのだった。


後宮と呼ばれる場所は、王城の裏側、長い渡り廊下の向こう側にあった。

何代か前の王様の時に、その棟に寵姫《ちょうき》を何人も住まわせていたせいで後宮と呼ばれているけれど、元々は国外の来賓を迎えるための迎賓館だったらしい。

長く延びた建物は、王城ほどではないけれどやはり豪華で美しく、そのまま庭園に出られるような造りになっていた。

「皆様はここで自由に過ごされて結構です。特に規制などはございません。ただし、勝手に王城へ立ち入ったり、外部から人を招くことは厳禁です」

一人一部屋ずつの私室を与えられた後、談話室に一同を集め、ケルトナー伯爵夫人から、ここでの生活についての説明がされた。

それに因ると、私達のここでの生活は常に考査の対象となるらしい。

抜き打ちで、色々な試験があるらしいけれど、今はまだそれは秘密。普段から気を引き締めていれば問題はないでしょうとのことだった。

囁き交わされる会話からすると、歴史、海外情勢、交易や政治についての知識、外国語も考査対象になるようだ。

庭園には、それを許可された貴族の殿方も姿を見せるので、無闇にお近づきにならないように。

考査の内容を他人に喋らないように。

親元への手紙や面会は許可するけれど、夫人にその都度報告すること。

最低でも週に一度は謁見《えっけん》があるので、その時には自分から陛下に声をかけないこと。

その他にも、覚え切れないほどの注意事項が言い渡された。

他の方には当たり前のことなのかもしれないが、私は覚えるだけでも必死だった。

「くだらない争い事を起こしてはなりません。そのようなことがあれば、すぐに陛下にご報告いたしますからね」

最後に彼女がクギを刺した時、思わず『既にそういうことがあります』と言ってやりたかったけれど、ぐっと堪えた。

引け目があったから。

彼女達と、私との間に、真剣味の違いがある。

みんな私みたいに『もしかしたら』なんて軽い気持ちではないのだ。絶対に自分が選ばれたいという気持ちがあるのだ。

他人を悪し様《あざま》に言ってもというところが気に入らないけれど、軽い気持ちの私が口を挟んではいけないような気がした。

それに、私なんてただドラガン様から名前を聞いたというだけみたいだし、すぐに彼女達も私がライバルではないとわかるだろう。

ドラガン様から名前を…。

思い出すと、口元が緩む。

あの方は、私の話をちゃんと聞いてくれていたのだわ。

私が王妃候補に選ばれたいと、言ったことを覚えていて、本当に陛下に告げてくれたのだ。

はい、はいと請け負うだけ請け負って、行動に移さない人も多いというのに、こんな大事なことをちゃんと実行してくれた。

本当にあの方は立派な方だわ。

「ソフィア様……？」

名前を呼ばれて、私はハッと意識を戻した。

「はい」

「今日はもう自由にしてもよろしいそうですが、よろしかったら私のお部屋へいらっしゃいませんか？」

声をかけてくれたのはグレイスだった。

「もちろん、喜んで。でも、『様』はいりませんわ。同じ歳《とし》ぐらいなのですもの、どうかソフィアとお呼びください。私もよろしかったらグレイスと呼びたいですし」

彼女はふわりと微笑んだ。

「どうぞ、グレイスと呼んでください。私もソフィアと呼びます」

目と目を見交わしてにこっと笑い合う。

「私達、いいお友達になれそうね」

「はい」

こうして、新しいお友達もできたし、ここも悪いことばかりではないわ。

「あら、エコ贔屓同士がお友達ですって」

と口さがなく言う者もいるけれど。そんなものは無視すればいいだけだもの。

「行きましょう。色々教えていただきたいことがありますから」

これ以上悪口を聞いていたくなかったので、私はグレイスの手を取って広間を出た。

グレイスの部屋は、運よく私の隣の部屋だった。

「これなら夜にもお部屋を行き来できるわね」

「ええ」

菫《すみれ》の花の意匠でまとめられた彼女の部屋は、とても彼女に似合っている。

私達は侍女にお茶を頼むと、呼ぶまで好きにしていいわと言って菫色のソファに座った。

「お姉様が王城で働いていらっしゃるんでしょう?」

「ええ。もう結婚しているのだけれど、王城の図書室で司書をやっているの」

「すごいわ、女性なのに働いているなんて」

「ありがとう」

素直に褒めると、彼女は嬉しそうにふわっと笑った。

白くてふっくらとした頬《ほお》といい、長い睫毛《まつげ》に縁取られた茶の瞳といい、何だかふわふわのウサギのよう。

　私には姉妹がいないけれど、こんな姉妹だったら欲しかったわ。

　きっとグレイスがこんなに可愛いから、みんながイジメるのね。

「ソフィアは領地の方でお育ちになったのね？」

「そうなの。だから王城のしきたりとかマナーとかに疎くて」

「でもとても美しいわ」

「美しい？　私が？」

「ええ。そんなに見事な金の髪は王都にも何人もいないわ。それに、青い瞳がまるで竜帝の髪のよう」

「竜帝？」

　思わず身を乗り出す。

「グレイスは竜帝様にお会いしたことがあるの？」

　王しか会えないという話なのに。

　すると彼女は恥ずかしそうに目を伏せた。

「誰にも言わないでね。…実は、私のお母様は陛下の乳母だったの」

「まあ、素敵」

「…ソフィアは本当にいい方なのね」

「何が?」

「だって、ずるいとか、だから私のような者が選ばれたとか言わないんですもの」

「あら、それが理由でもいいじゃない。私なんか、お役人様に『お后《きさき》候補になりたい』と言ったら、その方が願いを聞き届けてくださっただけだもの」

「そうなの? でもお役人の方が陛下に上申することなんてできるのかしら?」

「それは私もわからないわ。でもご挨拶の時、陛下に『ドラガンから聞いた』と言われたから、事実よ」

この国にとって水は大切なもの。

だから水源調査の者は重用されていると思っていたのだけれど、違うのかしら?

「それより、竜帝様のお話を聞かせて。何時お会いしたの?」

「お会いしたわけではないのよ。ただ子供の頃に遠くから拝見しただけ」

グレイスは遠慮がちに教えてくれた。

まだ小さな子供の頃、母親と一緒に陛下にお会いした時、陛下の私室から去ってゆく一人の男性を見たのだと。

長い髪は青く、その瞳も青かった。

あの方はどなたかと問うと、陛下は彼が竜帝だと教えてくれたらしい。

人よりも長く生き、不思議な力を使う彼は、その姿も普通の人とは違うのかと、忘れられなかったらしい。

「青い髪だなんて、素敵ね」

「ええ。私も驚いたわ。本当に竜帝がこの王城に住んでいるなんて、思いもしなかった。でも陛下は嘘《うそ》をつくような方ではないし、あの青い髪はそれ以外の説明ができないでしょう？」

「ええ。そうね。…でも、グレイスは子供の頃から陛下とお言葉を交わすことができたのね」

それを言うと彼女は慌てた。

「お母様が一緒だったからよ。私なんか、陛下にとっては妹のようなものでしかないと思うわ。集められた方々だけじゃなくて、陛下の周りには美しい方がいっぱいいらっしゃるし、あの方は誰にでもお優しいから…」

「大丈夫、私はそれを羨んだりしないから」

私は彼女の手を取った。

「本当に？」

「ええ」

「私…、ソフィアに会えてよかったわ。あなたが選ばれても、私とお友達でいてくださる？」

「もちろんよ。でも、私が選ばれる可能性は薄いわね」

「まあ、どうして？　あなたは公爵家の令嬢だし、紹介者もあるし、何よりそんなにお美しいのだもの、きっと選ばれるわ。…きっと」

「私は田舎者だもの。むしろグレイスの方が選ばれるかもしれなくてよ。それでも友達でいてくれる?」

「ええ」

自分がか弱く可愛らしいタイプではないだろうとは思っていたけれど、グレイスを見ていると、それを痛感する。

彼女こそ守ってあげたくなるようなタイプだわ。

それに、今話していてもう一つ気づいたことがあった。

ここに集められた人達は、みんな王妃の座を狙っているけれど、グレイスはちょっと違う。

彼女は、王妃になりたいというより、陛下の恋人になりたいと思っているみたい。つまり、王妃という立場ではなくて、陛下という男性が好きになってしまったみたいな。

優しい方だと頬を染める姿は、そうとしか見えなかった。

…優しい方か。

私もそうね。

王妃になりたいというよりも、ドラガン様に会いたくてここへ来たみたい。

せっかく陛下とお会いしたというのに、陛下のお言葉より、その名前が出た時の方がときめくなんて、まるで私がドラガン様に…。

「それで、ソフィアは宮廷マナーの何がわからないの?」

「え？　あ…、あの。何がわからないかがわからないの。何を知っていたらいいのかしら？」

胸がドキドキした。

彼女に声をかけられなかったら、私は何を考えようとしていたのかしら。

「それじゃあ後で許可をいただいて図書室へ行ってみましょうか？　あなたをお姉様にもご紹介したいわ」

「ええ、是非」

一番会いたい人。

その人に会いたいと思うだけで胸が騒ぐこと。

それを何というのか、図書室で調べるまでもなく、予感がした。

けれどまだ答えは出したくなかった。

まだ、私は彼と再会すら果たしていないのだから…。


集められたお后候補の一日は、優雅なものだった。

後宮内では自由にしていいと言われた通り、特に決められたスケジュールなどなく、それぞれ好きなことをしてもいいのだ。

考査らしいことと言えば、一日一回、数名ずつケルトナー夫人に呼ばれて、簡単に質疑応答をする。その時に服装をチェックされるくらい。

後は本を読んでいようと、刺繍をしていようと、馬に乗ろうと、ダンスをしようと、何でも許される。

後宮から出さえしなければ。

「私達がこの自由な時間に何をするかを、侍女達が観察しているのだと思うわ」

グレイスはそう言ったけれど、何をしていればプラスで、何をしていればマイナスなのかもわからない。

部屋に籠もって勉強する人が多い中、私は専ら陽《ひ》のあるうちは庭園の散策をしていた。

森がないのは残念だけれど、話に聞いていた通り、庭園は広大で、縦横に水路が走り、東屋《あずまや》や橋、噴水まである。

人工的な造りではあるけれど、樹木は茂り、リスやハリネズミを見つけることもできて、とても楽しかった。

ドラゴン様が言った通り、水路は深く、足を浸すことはできそうもなかったけれど（多分それをしたらマイナスになるだろう）、流れを見ているだけでも素敵だった。

グレイスは、そんな私によく付き合ってくれた。

「退屈じゃない？」

心配になって訊くと、彼女は笑った。

「とんでもない。私も散歩は大好きなの。馬にも乗れるのよ」

「じゃあ、森へ行くこともある？」

「ええ。郊外の森へ遠乗りもするわ」

「私、森の中を歩くのが好きなの。領地ではいつも一人で散策していたわ。供を連れず、一人で歩き回るのよ」

「それは素敵ね。いつか私も行ってみたいわ」

お芝居などではなく、そう言ってくれる彼女が、私は益々《ますます》好きになった。

理解し合える友人と過ごす。

それだけで楽しい生活だったのだけれど、問題がないわけではない。

後宮に入って自由に過ごしている間は、私達を快く思っていなかった人達も自分のことで精一杯なのか、何の反応もしめさなかったのに、一度陛下にお目通りが叶《かな》った後は、また彼女達の態度が顕著になったのだ。

理由は簡単。

陛下がまた私達だけに特別にお声をかけてくださったからだった。

ご公務でお忙しい陛下のお時間をいただいて集まったサロン。

後宮の一室で、お茶をたしなみながら直接お言葉が交わせる時間が作られ、皆は精一杯お洒落《しゃれ》をして列席した。

私とグレイスも、もちろん正装して参列したけれど、決して自分から陛下に近寄ったりはしなかった。

なのに、陛下の方が私達を見つけ、歩みよってくれたのだ。

「やあ、グレイス。元気か」

乳母の娘ならば、そのくらいのことは当然だろう。

でもそれを公にしていないから、一同は色めきだった。

「ありがとうございます。陛下もごきげん麗しゅう」

ドレスを摘まんで挨拶する彼女の指は、少し震えていた。

緊張ではなくて、嬉《うれ》しくて震えているのだとすぐにわかった。だって、耳が赤く染まっていたから。

「もう庭園で迷子になってはダメだよ」

「そのような…。もう大人ですわ」

グレイスを見つめる陛下の眼差《まなざ》しも、柔らかい。

「ソフィアは、もう水路に足を入れたかい？」

突然の言葉に、今度赤くなるのは私の方だった。ただし、私のは照れや喜びからではなく、羞恥でだ。

「ドラガン様ですね…」

「ああ。君が水路に足を浸したいと言っていたのを聞いて、笑っていたよ」

…そこまで伝えなくてもいいのに。

「水路は深く、足を入れるものではないとも言われましたので、そのようなことはしておりません」

「庭園の東の方に浅い噴水がある。そこならば足先を濡らすことができるだろう。気に入ったら行ってみるといい」

「よろしいのですか？」

顔を上げると、陛下はにこやかに頷いた。

「きっと彼も許すだろう」

やはり素敵な方。

これがたとえ社交上の微笑《ほほえ》みだとしても、こんなに美しい殿方に優しく微笑まれれば、誰だって悪い気はしないだろう。

けれど、私の心の中にあるのは別の人の面影だった。

「あの…、陛下はドラガン様とお親しいのでしょうか？」

「親しいか…。そうだね。彼の方もそう思ってくれていればいいのだが、私は友人だと思っているよ」

友人。

だからあの人は王のことをぞんざいに語っていたのね。

「まだ会っていないのかい？」

「はい」

「では催促してあげようか？」

「それは…。…嬉しいです」

思わず本音が出てしまう。

陛下のお后候補であるというのに、他の男の人に会いたいだなんて、きっとこれもマイナスになるわね。

でも、私はそれでもよかった。

「ソフィアもグレイスと友達になったようだね」

「はい。彼女はとても優しくて、気の付く方ですから。親しくさせていただいてありがたいと思っております」

「ソフィア」

恥じらって、彼女が私のドレスをツンと引っ張る。

「本当のことよ。私は嬉しいわ」

「わ…、私だって。ソフィアのようにしっかりとした方に優しくしていただいて、とても嬉しいわ」

「ありがとう」

陛下はそんな私達を見て、また微笑んだ。

「ソフィアはグレイスの母君のことは知っているのかね？」

それはお母様が乳母をしていたということかしら？

「私がお話ししました」

どう答えるべきかと悩んでいる間に、グレイスが答える。

「そうか。だがそれは考査の対象にはならないよ」

「でしょうね。陛下は彼女のお母様をお選びになるわけではありませんもの」

「私が？　ギース夫人を？」

私の答えに、陛下は笑った。

「そうだね。では君はグレイス本人が気に入っているというわけだ」

その一言で、私は陛下の言いたいことがわかった。

私が、乳母の娘を利用しようとして彼女に近づいたのでは、と心配しているのだ。そういう目で見られることは心外だったが、彼女のためを思っての言葉だと思うと、わからないでもなかった。

「私はグレイスが好きです。何も知らない私に、宮廷の作法などを教えてくださいますし、一緒に散策に付き合ってもくださる。お話も合いますし、もし出会ったのがこの場でなくとも、きっとよいお友達になれたでしょう」

もしかしたら、陛下も彼女には特別に心を掛けているのかもしれない。

それが恋人のようになのか、妹のようになのかはわからないけれど。

「そうか。失礼なことを言ったね」

「いいえ。陛下がそのように彼女を心遣うお優しい方だとわかって、益々尊敬いたします」

「よい友人を得たね、グレイス」

陛下は、グレイスの頭に軽く手を置いてそう言った。

私としては、その光景を微笑ましいものだと思ったのだけれど、ふと気が付くと、周囲の女性達の視線が冷たいものになっている。

「ではまた」

陛下が立ち去り、他の方達へ向かっても、視線は向けられたままだった。

「何かしらあれ」

「自分は特別だとでも思っているのかしら」

「これみよがしよね」

聞こえるように囁かれる言葉。

あまりよろしくない状況だというのは、すぐにわかった。

最初の日のあからさまな敵愾心《てきがいしん》が、また彼女達の間にもちあがってきているのを感じる。私とグレイスだけが、陛下に特別扱いされていると思われたのだろう。いえ、実際そうなのだけれど。

でもそれは王妃がどうということではない。ただ元々の知り合いであるということと、知り合いが紹介してくれた人間だというだけのこと。

それを説明するのもおかしいし、したとしても彼女達が納得するとは思わないけれど…。

「お声をかけていただいてよかったわね」

紅潮した頬で微笑むグレイスを見ていると、その不安を口にはできなかった。

「…そうね」

大丈夫、…よね？

この間も、色々言われたけれど、特別に何かされたわけではないし。後宮に戻ってしまえば、顔を合わせずに済ますこともできる。

「本当にドキドキしたわ。ソフィアは落ち着いてるのね」

「そんなことないわ、緊張したわ」

「でも嬉しかったわね」

「ええ」

「ああ、今夜は私、眠れないかも」

悪いことなんて起こらない。

みんなそんなに意地の悪い人ではない。

無邪気に喜びを見せる彼女のためにも、何事も起こらなければいいと、心から願った。


…願ってはいたのだけれど、それは甘い考えだった。

サロンが終わって後宮に戻り、私の部屋で暫《しば》く過ごしてから自室に戻ったはずのグレイスが、突然私の部屋のドアを叩《たた》いた。

「どうぞ？」

誰だろうと思って見ると、泣きそうな顔のグレイスがドアから顔を覗《のぞ》かせた。

「まあ、グレイス、どうしたの？　今戻ったばかりなのに」

「…ソフィア」

「あなた泣いてるの？　何があったの？」

嫌な予感がして、私は彼女に駆け寄った。

「ベッドが…」

「ベッド？」

になっていた。

「…見せて」

彼女の手を取り、一緒に隣の部屋へ入り、奥のベッドへ向かうと、確かにそこは一面水浸しになっていた。

周囲に倒れた花瓶があるわけではない。洗面台が置かれているわけでもない。

「ここにいて」

私はすぐにベルを鳴らして、彼女の侍女を呼んだ。

「はい、何でございましょう」

「単刀直入に訊くわ。これはあなたの知っていること？」

濡れたベッドを指さすと、侍女は驚いて首を振った。

「とんでもございません。私は何も…」

「そう。わかったわ。あなたを信じます。ではすぐに誰にも気づかれないようにこの布団を乾かして頂戴」

「誰にも言わずに…、でございますか？」

「そうよ。これは事故とは思えないわ。もしケルトナー夫人に知られれば、あなたが管理不行き届きと言われるか、グレイスが不注意な娘と言われるでしょう。ここは元々は迎賓館、品物はどれも高級なもの。お咎《とが》めがないとは言えないでしょう」

「水浸しで…」

「私も、ですか？」

「部屋の管理はあなたの責任でしょう？　主のグレイスの不在の間に起こったことならば、あなたも責任を追及されるわよ」

「あ、いえ。私のこともかばっていただけるのかと…」

「当たり前じゃない。あなたに落ち度のあることではないのだから。ねえ、グレイス？」

怯《おび》えた目をしていたグレイスは、すぐに侍女に駆け寄り、その手を取った。

「…ごめんなさい。あなたにも迷惑をかけてしまって」

「そんな、とんでもございません、お嬢様」

「どうしてこんなことになったのか、私にもわからなくて…」

想像はついた。でも、それを口にすることはできなかった。確証もないし、グレイスを怖がらせるだけだもの。

「ねえ、グレイス。これはいい機会だわ」

「…いい機会？」

「ええ、そうよ。こうなったからには、今夜はこのベッドで寝られないでしょう？　だから、もしお嫌でなければ私のベッドで一緒に休みません？」

「ソフィアの…お部屋で？」

「このお部屋の菫《すみれ》の意匠も可愛《かわい》らしいけれど、私の部屋の白薔薇もよかったでしょう？　ベッドもそれは素敵よ。それで今夜は色々お喋《しゃべ》りしましょう」

「ソフィア…」

「嫌？」

「…いいえ、是非」

「ああよかった。ねえあなた、温めたミルクとビスケットを持ってきていただけるかしら。それと、枕は濡れていないから、この枕も私の部屋へお願い」

侍女にそう頼むと、私はすぐにグレイスの手を取って自分の部屋へ戻った。

彼女のために笑顔は絶やさなかったが、心の中ではこんなことをした犯人に怒りを覚えながら。

くだらないわ。こんなことをして、自分が王妃になれるチャンスができるとでも思っているのかしら。

本当にくだらない。

けれど嫌がらせはそれだけでは終わらなかった。

その日から、朝食の席につくと、私とグレイスのスープに髪の毛が入っていたり、部屋のドアノブに嫌な臭いのするものが塗られていたり、中傷の手紙が差し込まれていたり、声をかけても無視されたり。

大きな問題になるほどではないような、チクチクした嫌がらせが続いた。

私は自衛のために不在の時は窓にもドアにも鍵をかけるようにし、グレイスにもそうするように勧めた。

「ケルトナー夫人に申し上げればよろしいんですわ」

私とグレイスに付いている侍女達も、事態を察して怒ってくれたけれど、私はそれには反対した。

「いいえ、ダメ。そんなことできないわ」

「どうしてです？　きっと犯人を探してくださいますのに」

「貴族の令嬢自ら全てを行っているとは思えないでしょう。きっと命令されて侍女が手を貸しているに決まってるわ。だとしたらその侍女達もきついお咎めを受けるでしょう。本人がやりたくなかったとしてもね。私はそれが嫌なの」

「お嬢様…」

「私も、言いたくはないわ。後宮でこのようなことが行われていると知られたら、陛下がきっとお心を痛めますもの」

意外にも、グレイスも私の意見に賛同してくれた。

もっとお弱い方かと思ったけれど、芯はしっかりなさってるのだわ。

「ごめんなさいね。私達に付いたせいで、あなた方にも迷惑をかけてしまって…」

そう言って彼女が侍女に頭を下げる姿に、益々《ますます》私は腹が立った。

王都のお嬢様達が皆こうだとは思いたくないけれど、本当に嫌な気分。

これならば森を歩いていた方がずっとよかった。

森では一人だったけれど、あそこはとても心地よかった。誰かに腹を立てたり、憎んだりすることなどなかったもの。

「お嬢様、お許しがいただけたのでしたら、お嬢様達がお留守の間、私達がお部屋におりましょうか？　誰かがいれば、悪さをすることもできないでしょうから」

「それはいい案ね。グレイス、そうしていただきましょう」

「ええ。お願いね」

ただ、侍女二人とグレイスに知り合えたことだけは、よいことだったと思えた。

本当に…。


「お姉様にそれとなく窺《うかが》ってみたのだけれど、考査は三カ月ほどを予定しているのですって」

部屋にいても、気分が塞ぐだろうからと、その日私はグレイスと一緒に陛下がおっしゃった庭園の東にあるという噴水に向かった。

「三カ月…、まだまだ先ね」

天気はよくて、空には鳥の姿も見えて、いい散歩日和。

ゆっくりと歩きながら水路のきらめきや手入れの行き届いた樹木を見るのも楽しくて、出て来てよかったと思った。

あれから、小さな嫌がらせは続いたけれど、侍女に留守を任せるようになってから、部屋を荒らされるようなことはなくなった。

けれど、陛下とお会いする度に特別なお声掛けをいただくので、皆の態度が和らぐことはなかった。

むしろ、風当たりは強くなってゆくばかり。

何人かは傍観者なのだろうけれど、後宮にいる殆《ほとん》どの方が敵みたいな感じ。

最近では、私達のところに実家から新しいドレス等がひっきりなしに届くことも彼女達の苛《いら》立《だ》ちの原因になっているようだ。

でもそれは私達が頼んだわけではないのだから、仕方のないことなのに。

「今度、ダンスパーティがあるのですって」

「ダンスパーティ？」

「ええ。宮廷の若い貴族の殿方も招いて」

「私達、花嫁候補なのに？」

「もう花嫁になることを諦める方も出ているだろうから、そういう方々に縁談をお世話するみたい。ご自分から『止めた』とはおっしゃれないでしょう？」

「そうね。それでは陛下が気に入らないと言うようなものですものね」

陛下の方としても、集めた女性達を決定前に帰すわけにはいかない。それは女性を傷つけることになるから。

そこで考え出されたのが、そのパーティなのだろう。

集められるのは、きっと陛下のおめがねに適《かな》った人物だ。そういう方に申し込まれるのなら、王の花嫁から外れても女性達に傷はつかない。

男性にしても、王妃候補ならば家柄その他に問題はない。

既に陛下がこれと選んでいる女性に入っていれば、その申し込みはやんわりと断られるか、最終判断が下るまで返事が延ばされるだけだ。

王宮の考え方なんてわからなかったけれど、ここへ来てからだんだんと察しがつくようになってしまった。

これというのも、グレイスのお陰だ。

彼女が丁寧に過去の事例から何から教えてくれたお陰。可愛らしいだけかと思っていたグレイスは、ちゃんとそういうことの知識は持っているのだ。

もしも彼女が王妃になったら、きっといい王妃になるだろう。

「あ、ほら。ソフィア、あそこよ」

彼女が示す先を見ると、そこに小さな噴水があった。

中央には水の湧き出し口になっている白鳥の彫刻。底の見える大きな円形の池。

縁から内側には階段状にタイルが貼られている。

清流とは違うけれど、心地よさそうだ。

「ん、素敵」

私は近づくと、手を入れてみた。

「冷たくない？」

「ひんやりしてて気持ちいいわ」

「本当に足を入れるの？」

「ええ。グレイスも入ってみる？」

「いえ、私は…」

「気持ちいいのに」

「ドレスを濡《ぬ》らしてしまいそうだもの」

「捲《めく》ればいいのよ。こうやって」

私は池の縁に立ち、ドレスの裾を持ってグッと引き上げた。

「みっともない」

冷ややかな声。

もちろん、それはグレイスではなかった。

振り向くと、そこには三人の女性が立っていた。何《いず》れも、ここのところ私達にちょっかいを出してくれた人達だ。

「良家の子女ともあろう者が、王城内でドレスをからげるだなんて」

…またか。

「私が何をしようと、あなた達には関係ないでしょう」

正直、絡まれるのはもううんざりだった。

私が気に入らないのなら、放っておいてくれればいいのに。

「グレイス、あなたの母親は陛下の乳母だったんですってね」

「え…、ええ」

「陛下はお優しいから、ついでであなたを選んだだけだってわかってるんでしょう？」

「あの…」

「まさか自分が正式に選ばれたとは思っていないわよね？」

「何言ってるのよ、グレイスは立派な女性よ」

「あなただってそうよ、ソフィア。父親の権威と、役人の根回しで入ったのでしょう。田舎者のくせに」

「自分の領地で育ったことの何がいけないの？　私は自分の領地が素晴らしいところだと思っ

ているわ」

「王城での作法も知らないくせに」

「ええ、知らないからグレイスに教えていただいてるのよ。彼女は素敵なレディだわ」

「親のコネで子供の頃から王城に出入りしていれば、それくらい当然でしょう」

女性達の一人がすっと前へ出て、私の目の前に立った。

縁に上がっていた私を、下から見上げて睨《にら》みつけてくる。

「私達はね、陛下に選ばれるためにそれこそ血の滲《にじ》むような努力をしてきたのよ。あなた達みたいに、他の方の力を借りてここへ来るなんて卑怯《ひきょう》な人間とは違うわ」

「卑怯ですって？」

「そうよ。みんな陛下にお声をかけていただくために自分を磨いているのよ。なのにあなた達は他の人の力を使ってるじゃない。それが卑怯じゃなくて何だというの？」

「ただ少しお話をしただけでしょう」

「それが特別だというのよ。私達からお言葉をかけることが許されてない以上、それが特別なのはわかるでしょう」

「私達が望んだのじゃなくて、陛下がご自分で声をかけたのだから、私達のせいじゃないわ」

「陛下が悪いというの？　失礼よ」

女性の手が、私の肩を押した。

「あ」

バランスの悪いところに立っていた私はそのせいでふらつき、水音を立てて噴水の中に足をついてしまった。

倒れこそしなかったが、靴もドレスも水浸しだ。

「う…」

「ああら、いい格好ね。水がお好きなようだから、そこで泳がれたらいかが？」

「酷《ひど》いわ！　謝ってください」

「何を謝れと言うの？　ご自分で落ちただけでしょう」

初めて声を荒らげたグレイスが彼女達の前に歩み出た時だった。

「さわがしい」

という男の方の声が響いたのは。

私もグレイスも、他の女性達も一斉に声のした方へ目を向ける。

そこに立っていたのは、私が会いたくて会いたくて仕方のなかった人、ドラガン様だった。

「王妃候補とは、かくも騒がしい娘達なのか？」

彼女達は黙って顔を見合わせた。

突然現れた男性が何者なのか、誰も知らないようだった。

けれど、後宮に出入りを許されている者が身分の低いものであるわけがない。しかも横柄なその態度から、彼女達は彼を地位のある人物と思ったようだ。

そして、お咎《とが》めがある前に自分達の所業を隠すことに決めたらしい。

「行きましょう」

「あまり騒がしくしない方がよろしくてよ」

まるでこの騒ぎに自分達は関係ないというような態度で、そそくさと去って行った。

「ソフィア！」

グレイスが慌てて駆け寄ってきたが、ドラガン様はそれを遮った。

「止めなさい。お前が濡れる」

「でも…」

「出てきたらどうだ、ソフィア。いくら水が好きでも、それはあまり格好のいいものではないだろう」

酷いわ。

私はこんなにも再会を喜んでいるのに、そんな言い方。

「今出ます」

水を吸ったドレスを持ち上げ、ざばざばと水を分けながら噴水から出る。

けれど最初の一歩を縁《ふち》に踏み出した私の足に靴の姿はなかった。

中に水が入ってしまったせいで、脱げてしまったのだ。

それを見た途端、彼が笑い出した。

「ドラガン様！」

酷いわ。

「いや、すまん。綺麗な足だ」

彼は笑いを消せぬまま近づき、私をひょいっと抱き上げた。パタパタと裾から水滴がしたたるのも構わずに。

そしてグレイスを見ると、相変わらずのきつい口調で命じた。

「そこのお前。私はすぐ先の東屋《あずまや》まで彼女を運ぶ。新しい靴とタオルを持ってきてやれ」

「あ、はい」

グレイスは弾《はじ》かれたように後宮の方へ向かって走りだした。

誰もいなくなった庭に、私とドラガン様だけが残される。

しかも抱き上げられたままで。

「あの…、おろしてください」

近い彼の顔に、胸がドキドキする。

会いたいとは思っていたけれど、こんなに近くだなんて。

「靴もないのにか？」

「拾います」

「今はおとなしくしていろ。後で捜して届けてやる」

私を抱いたまま彼は庭を進み、奥の東屋まで運んでくれた。そっと石のベンチへ下ろし、足元に跪《ひざまず》く。

「派手な騒ぎを起こしたな」

彼はマントを外し、私の足を取った。

直接触れる彼の手に、胸の先が痛む。

それは不思議な感覚だった。心臓がドキドキすることはあったけれど、それとは違う。胸の先だけが、疼《うず》くように痛むのだ。

「…私が起こしたわけじゃありません」

マントで濡れた素足を拭ってくれる彼の手が、ドレスの中へ入り込む。

そんなに深く差し込まれたわけではなく、ふくら脛《はぎ》を支えただけなのに、足の付け根のさらにその奥がズキンとした。

私…、変だわ。

「女同士の争いか。くだらない」

「本当に」

青い瞳が私を見る。

「ここへ呼ばない方がよかったか？」

言われて、彼が私を陛下に推薦したのだということを思い出した。

「いいえ。ここへ来たからグレイスとお友達になれたのだもの、来てよかったです。それに…、あなたにもう一度会えました」

「グレイス？　さっきの娘か」

…あなたに会えたことが嬉《うれ》しいと言ったつもりなのに、簡単に流されてしまう。

「ええ。そうです。とてもいい方なの」

でももう一度それを繰り返すことはできなかった。しつこいと思われるのが怖くて。

「だが嫌な者とも会ったようだな」

「彼女達？　ええ、確かに彼女達とは仲良くできないみたい」

「嫌な思いをしているなら、帰してやるぞ」

ふいに言われた言葉に、身体が固まる。

帰る…。でもそれは王城から去るということ。そして王城から去ってしまえば、この人に会えなくなってしまうということ。

こうして後宮に出入りを許されているということは、ドラガン様は城に出仕しているのだろう。私が城を出てしまえば、きっと会う機会などなくなる。

「私は大丈夫です」

だから彼の申し出を拒んだ。

「私がいなくなったら、グレイスが可哀想《かわいそう》ですもの」

「競争相手なのに？」

「競争なんて誰ともしてません。花嫁は陛下のお気持ちで決められるものなんですから。私達が競っても無駄でしょう？」

「確かにな」

彼の手が足から離れる。

残念だけれど、少しほっとした。

このまま触《さわ》られ続けていたら、何だかおかしな気分になってしまいそうだから。

「靴を拾ってきてやるから、ここで待っていろ」

「待って！」

立ち上がりかけた彼の腕を掴《つか》んで引き留める。でも、引き留めてどうしたらいいのかわからなくて、次の言葉が出ない。

「どうした？」

「…ひ…、一人にしないでください」

一人でいることなど、気にしないのに。彼が行ってしまうことが怖い。

「随分としおらしくなったな」

彼は微笑んで、私の隣に腰を下ろしてくれた。でも近すぎて、触れる肩に緊張する。森でも二人きりになったことはあったけれど、こんなに近くに寄られたことはなかったから。

「森の中は一人で歩き回っていたのに」

「あそこには、害をなすような人がいませんでしたもの。あるのは水と木々だけでした」

「確かに、ここには不必要なものが多いな」

「ドラガン様は、どうしてここに？　後宮でお仕事をなさってるのですか？」

「約束したからだ」

「約束？」

「お前と、約束しただろう。王城で見かけたら必ず挨拶してやると」

ああ、この方は…。

本当に、どんな些細《ささい》なことも覚えていてくださる。約束を叶《かな》えてくださる。

相手が私だから？　それとも誰とでも？　もしも私だからだとしたら、とても嬉しいのに。

「もっとも、大した再会になったな。ドレスの裾を絞ってやろうか？」

「結構です」

これ以上触れられたら、心臓が爆発してしまうわ。

「また…、お会いできます？」

「心細いのか」

「だって、王城には知り合いもいないし…。ここには気持ちを穏やかにさせてくれる森もないのですもの」

「王と親しくなればいいだろう」

「そんなこと、できるわけがありません。陛下にはこちらからお声をかけることもできません
し、皆お声をかけていただく機会を心待ちにしてるんですから」

だから、私の望みは陛下と言葉を交わすことではなくて、あなたと言葉を交わすことなのに、
どうして気づいてくれないのかしら。

「では、その機会を作ってやろう」

「…え？」

「お前のことは気に入っている。なるべくよくしてやりたい」

「ち…、ちょっと待ってください。そんなこと…！」

これ以上他人の力を借りては、逆効果だわ。

あの人達に何をされるか。

「お心遣いは感謝いたしますが、お断りします」

「断る？」

「私だけがドラガン様の手を借りるのは不公平です。機会を設けるのならば、皆均等にしてく
ださい」

「他の者は王に会わせるにあたわない」

「でもですね…」

「ああ。先ほどの娘が来たぞ」

ドラガン様は私の言葉を遮って立ち上がった。

「ソフィア！」

グレイスが、侍女を連れて走って来るのが見える。

あんなに走らなくてもいいのに。本気で心配してくれているのだわ。

「靴は後で届けさせよう」

「待ってください」

もう一度、私は彼の腕を捉えようとした。けれど今度は失敗してしまった。

伸ばした手が空を切る。

大きな背中が東屋《あずまや》から出て行ってしまう。

「また会ってくださいますよね？」

必死にその後ろ姿に声をかけたけれど、彼の足は止まらなかった。

「機会があればな」

振り向きもせず、行ってしまう。

やっと会えたのに。

こんなに望んでいるのに。

全く気にも留めていないように。

「ソフィア。大丈夫？　タオルを持って来たわ。それにケープと靴も」

白い肌を真っ赤に染めて、息を切らせたグレイスが彼と入れ違いに東屋に飛び込んでくる。

嬉しいとありがたいと思うのだけれど、私の目は去ってゆくドラガン様の後ろ姿から離すことができなかった。

「…ありがとう。大丈夫よ」

振り向いてもらえないことが悲しい。会えた時の喜びを吹き飛ばすほどに。

そしてやっと私は気が付いた。

どうしてこんなに彼に会いたかったのか。

どうしてこんなに置いて行かれることが寂しいのか。

王様よりも、あの人と一緒にいたい。

きらびやかな王宮で着飾って暮らすより、彼と共に森を歩きたい。

それはただ偏《ひとえ》に、彼に恋をしてしまったからだと、今ようやく気づいた。

「戻りましょう、ソフィア。濡れたままでは風邪を引いてしまうわ」

「…そうね。今日はもう部屋へ戻りましょう」

グレイスの優しい言葉に微笑《ほほえ》み返し、侍女が持ってきてくれた靴を履きながら、私は暗い気分になった。

だって、私がここにいるのは王の花嫁となるためであり、彼に望まれたからではない。私をここへ来られるように口添えしてくれたということは、彼は私が他の人に嫁いでもいいと思ったということだ。

気に入っているとは言ってくれたけれど、それは私を女性として見てくれているわけではないのだ。

好きだと思った時には、もう失恋していたなんて。こんな悲しいことってあるかしら？

恋って、もっと心躍るものだと聞かされていた。考えるだけで幸せになるものだと。でも、私にとっては辛いものでしかなかった。

報われない。

それが私の心を重くしていた…。

その日の夜には、噴水で無くした私の靴が部屋に届けられた。

けれど彼が届けに来てくれたのではなく、侍女が持ってきてくれただけだった。

会いたい。

彼に会いたい。

でも、どうやったら会えるのかわからない。

私は、彼のフルネームも知らない。彼が何をしているのか、どこに住んでいるのかもわからない。

『会いたい』と告げることすらできないのだ。

あの森で彼に出会った時から、私にとって彼は特別だった。

ここへ来て、それがよくわかった。

彼は他の人とは違う。

森の中、彼の後ろを歩いている時のあの安心感は、誰からも与えられたことのないものだった。

一緒に過ごした時の穏やかな気持ちも。

でもそれは柔らかな、落ち着いたものだったから。まるで家族のような、…ううん、護《まも》ってもらえるというか、任せておけば安心というか。子供が大人の背中に感じるようなものだと思っていた。

でも噴水から抱き上げられ彼の顔を近くで見た時、もっと別の気持ちを感じてしまった。

王城へ来て、結婚のことを考えるようになったからなのだろうか？

恋なんて、男の人なんて意識していなかったはずなのに、彼が『男の人』であることを意識してしまった。

ドレスの中に手を入れられ、足を捕まれた時、身体の芯が熱くなって、ドキドキした。

怖いとか、気持ち悪いとか、嫌な気分にはならなかった。恥ずかしささえなければ、もっと触って欲しいとさえ思ったかも。

男の人に触れて欲しいと思ったのは、初めて。

だから、間違えることなく自分の気持ちが恋なのだと自覚した。

あんなに会いたかったのは、そのせいだって。

でも、彼にはその気がないのだ。

だからあんなに簡単に私に触れるし、王と親しくしろなんて平気で言うんだわ。

あの人は私と違って大人だから、女性に触れることに慣れているのかもしれない。

私なんて、男の人と言えばダンスで手を取られたぐらいだけど、彼ならば遊び女を相手にしたこともあるのかもしれない。

…面白くない考えだけれど。

きっと、ここに集められた女性達のように美しい人と親しくしたこともあるだろう。

だから、私のような色気のない娘には興味がないのだわ。

私は、森の中を平気で歩き回り、靴を脱ぎ捨てて川を渡るようなお転婆《てんば》だし…。

考えれば考えるほど、気が重い。

「ソフィア?」

名前を呼ばれ、私はハッと意識を戻した。

「やっぱり具合が悪いの？　濡れたせいで風邪を引いたの？」

間近でこちらを覗《のぞ》き込《こ》むグレイスの顔。

「ううん、大丈夫よ」

いけない。

彼女と話をしている最中だったっけ。

濡れたドレスを明るい色の新しいものに着替えた後、グレイスは心配してくれてずっと側に付いていてくれた。

夕食を食べる気にならなかったのは、ドラガン様のことで頭がいっぱいだったからなのだけれど、それもまたあの意地悪のせいだと思って、こうしてまた来てくれたのだ。

「それじゃあ、やっぱりあの方達のことを考えていたのね。あんなに酷《ひど》いことをするなんて、私も驚いてしまって…」

「そうじゃないのよ」

「でも…」

私はじっとグレイスを見た。

「…何？　私の顔に何かついている？」

恥じらって、頬を染めながら手で顔に触れる。

こんなに女らしくて可愛い人だったら、ドラガン様も違う態度で接してくれていたかもしれない。

可愛《かわい》らしい人。

「グレイスは、陛下が好きなのよね？」

問いかけると、彼女は真っ赤になった。

「何を突然…」

「グレイスは、王妃になりたいんじゃなくて、陛下に恋をしてるんじゃない？　一人の男の方として」

彼女は頬《ほお》を染めたまま俯《うつむ》いた。

「…ええ」

やっぱり。

「私、小さな頃はお母様に連れられてよく王城に来ていたの。陛下の遊び相手の一人として」

「遊び相手？　でも随分お歳《とし》が…」

結婚相手ならば十離れていようが、二十離れていようが有り得ないことではないけれど、子供の頃では…。

「歳が近すぎると、色々と問題があるでしょう？　だから、小さな子供の方がいいと判断なさったみたい」

なるほど、恋愛対象外の子供なら女の子でも安心と思われたのね。

でも、陛下がなかなか結婚なさらない間に、グレイスも対象年齢になってしまったというわけだわ。

「十二の歳で遊び相手は辞することになったのだけれど、時々はお姿を拝見できたの。それに、一度母が怪我《けが》をしたことがあって、その時にお手伝いとして一緒に出仕して。成人なさった陛下はとても凛々《りり》しくて、変わらず優しくて、私のことも覚えていてくださって…。陛下の花嫁なんてなれないことはわかっていたけれど、それでも心が傾くのは止められなかったわ」

いつもどこかおどおどとしていた彼女が、夢見るように話し続ける。

「陛下は、早くにお母様を亡くされて、先王も病を得たせいで、ずっとお一人だったの。若くして王位についたこともきっとお辛かったと思うわ。でも、王だから、誰かに頼ることもできなくて」

「そうね。王様は家臣に弱いところなど見せられないものね」

「ええ。陛下は私にも、弱いところなど見せてはくださらなかったわ。だから余計にお力になりたくて。…でもだめね。私みたいに弱い娘では、陛下のお力になんてなれないわ。王妃様にはソフィアのような、しっかりとした女性がお似合いよ」

寂しげに微笑む彼女に、私は首を振った。

「私は王妃にはなれないわ」

「どうして？　ソフィアなら、容姿も気立ても、家柄も最高だわ。歳は私と同じく若いかもしれないけれど」

「そういう問題ではなくて、私がなりたくないの」

「…なりたくない？」

グレイスは驚いた顔をした。

それはそうだろう。

ここにいる者は誰もが王妃の座を目指しているはずなのだから。

「グレイスのことを本当のお友達だと思っているから正直に言うわね。私、他に好きな方がいるの」

「恋人が…？」

「いいえ。片思い」

「どなたなの？　伺ってはいけない？」

「いいえ。かまわないわ。グレイスも今日お会いしたでしょう？」

「今日…、あの黒髪の方？」

「ええ、そう。ドラガン様とおっしゃるの」

「まあ…。でもあんな怖そうな…」

出会ってすぐに命令口調で脅された彼女にしてみれば当然の印象ね。

「そんなことはないわ。ドラガン様はお優しい方よ。少し表情が乏しくて、口がきついかもしれないけれど」

でも私は知っている。

彼がどんなに怖そうに見えても、決して非道な方ではないと。

私の言葉をちゃんと聞いて、約束を守ってくれる方だと。

「私、王妃にはグレイスがぴったりだと思うわ」

「そんなこと」

「私は陛下のことも王宮のこともよくわからないけれど、陛下のことを一人の人として見られるあなたが側《そば》にいてくれることは、陛下にとっても喜ばしいことだと思うわ。だって、私も含めてみんなが、陛下は『王様』だとしか思っていないのだもの。悩んだり、迷ったり、寂しかったりすることがあるなんて、あなたから聞くまで考えもしなかった。周囲の人みんなにそう思われているのは、きっとお辛いと思うわ」

「でも…、私は弱くて…」

「強くなって陛下をお支えするのは、臣下の務めであって、王妃の務めではないわ。陛下を癒《いや》してさしあげるのが、王妃の務め。だとすれば、王妃の立場を望む方ではなく、陛下を心から愛する女性がなるべきよ。陛下の相談役は、ドラガン様のような方がいらっしゃればいいの」

「ドラガン様？」

「あの方は、まるで陛下をお友達のようにお話しになるから、きっと親しいと思うのだけれど、違うかしら？　陛下のお側にいらしたのなら、お会いしたことがあるんじゃなくて？」

「いいえ。私も全ての方とお会いしたわけではないけれど、あの方とは初めてお会いしたわ」

「そう…」

もしかしたら、彼女ならば彼のことを詳しく知っているかと思ったけれど、そう上手《うま》くはいかないわね。

「それじゃ、ソフィアはあの方の花嫁になるのね」

言われて、また私は首を横に振らねばならなかった。

「頑張るけれど、今は無理ね」

「どうして？　公爵家の令嬢ならばどんな方でも断る理由なんてないはずよ。それとも、もうご結婚なさってる方なの？」

グレイスに言われて、初めて私はそのことに気づいた。

そうだわ、ドラガン様には既に奥様がいらっしゃることだってあるのだわ。

「ご結婚なさっているかどうかはわからないわ。でも、今のところ私は相手にもされていないみたい」

「どうして？」

「理由は私も知りたいけれど、多分子供っぽいからね」

「あなたが？」

「ええ」

そこで私は彼と出会った時のことを教えた。

私が領地で森を散策することが好きだったこと。

そこへ彼が水源の調査団として訪れたこと、偶然森の中で出会い、二人で一緒に泉を回ったこと。

深い森の中、汚れることも厭《いと》わず水を綺麗《きれい》にしてゆく彼が魔法使いのようだった。媚《こ》びたり、口説いたり、浮ついたことはせず、仕事をこなす彼は立派だった。

その後ろから付いてゆくことは安心だった。

それまで誰にも理解されなかった自分の楽しみを、彼はからかうこともせず、そのまま受け入れてくれた。

でも彼は、別れを惜しむことなく去ってしまった。

そして久々の再会。

噴水で抱き上げられた時、その尊敬や、安心感や、憧れが、恋であることを自覚したことまで。

「でも彼は私を陛下の花嫁に推薦した。つまりはそういう結末なの」

「まあ…、ソフィア」

「それでもまだ私は彼が好き。だから王妃にはなりたくない。自分の恋は絶望的だけれど、グレイスにはまだ可能性がある。それなら私はあなたに恋を成就させて欲しい。それが正直な気持ちなの」

グレイスは黙ったまま私を見ていたが、そっと手を重ねてきた。

細い指が、力強く私の手を握る。

「あなたの気持ち、よくわかるわ」

彼女の声は、悲しげだけれど、しっかりとしていた。

「あなたも私と一緒ね。望みの薄い恋だとわかっていても、諦めることができない」

「……ええ」

「私も、あなたの恋が実るように祈るわ。お互い頑張りましょう」

「ええ」

私も、彼女の手を強く握った。

彼女以外の誰にも、この気持ちを伝えることはできないだろう。

でも彼女ならばわかってくれると信じていた。

「私、今度お姉様にドラガン様のことを伺って見るわ。お義兄様《にい》は重職の方だし、もしかしたらご存じかも」

「本当？　嬉《うれ》しい」

彼女が側にいてくれてよかった。

心からそう思えて、私達は微笑んだ。

まだ続く日々が、お互いの幸福に繋《つな》がるように。

心ない意地悪なんかに負けないで、この気持ちを貫きましょうと。


翌日は、グレイスとは別々に呼び出され、外国語の試験を受けた。

私を噴水に突き飛ばした女性と同席だったのだけれど、事の顚末《てんまつ》を部外者であるドラガン様に見られていたせいか、視線は逸《そ》らされたけれど、何もされることはなかった。

この分なら、グレイスの方も大丈夫だろう。

試験の方も、自信はあった。

一人で学べるものは、子供の頃からしっかりと学ばされていたので。

グレイスの試験は午後なので、私は一人庭へ出た。

もしかしたらもう一度ドラガン様に会えるのではないかと思って。

だがそれは残念ながら空振りに終わった。

途中、ご夫人連れのお父様の知り合いにお会いしただけで、彼らしい姿を見かけることもなかった。

夕暮れには肌寒くなってきた風を受け、流れる水路のきらめく水面を見つめながら、彼のことを思い出す。

美しいドレスを着て、洗練された貴婦人になれたと思ったけれど、彼は何も言ってくれなかったわね、
あの人は外見など気に掛けないのかしら？

昨日までは自分も外見など気に掛けなかったのに、今日はもう気になって仕方がない。髪を、もっと高く結い上げるべきだったかしら。それとも、緩くして、長く垂らした方がよかったかしら。

彼はどちらが好きだろう。

陽《ひ》が傾くまで、ふらふらと庭園を歩き続け、成果もなく戻ってくると、すぐにグレイスが部屋を訪れてくれた。

例のダンスパーティが開催されることが決定したので、近々正式に発表されるだろうと教えてくれるために。

「ドレス、新調なさる？」

「いいえ。私はあるもので出るわ」

「でもその席にドラガン様がいらっしゃるかもしれないわよ？」

「うーん…、それは魅力的な言葉ね。でもやはりあるものにするわ。彼はそういうことにあまり興味のない人だと思うから」

「そう」

娘らしい会話が楽しい。

こんなことを話し合う相手も、領地ではいなかった。

お友達はいたけれど、皆私に気を遣うばかりで、対等に、しかも恋の話をできるなんて。

その翌日はお料理のマナー、その翌日は歴史。

毎日考査を受け、空いた時間は庭を歩き、夜はグレイスとお喋《しゃべ》り。

そうこうしている間に、意地の悪い人達ばかりではなく、声をかけてくれる人も現れた。

「あなた方が特別扱いされているのは知っているわ。でもだからこそ、親しくしていた方がいいと思ったのよね、よろしく」

とはっきり言う人もいれば。

「私…、領地で育ったので知ってる方がいなくて。ソフィア様もでしょう？　もしよろしかったらお友達になっていただけませんか？」

と言う人。

元々王都で暮らしていた方達は派閥のようなものがあったのだけれど、時間が過ぎて、それぞれが落ち着き、心のゆとりができたのだろう。あちこちで新しいグループが出来始めた。

そうなると、後宮での暮らしも、楽しいものに変わった。

王妃の資質は人と争うものではいけないと思うので、これが正しい姿だろう。

そんな中、グレイスが言っていたダンスパーティの話がケルトナー夫人から発表され、一同は色めきたった。

「当日は陛下もご列席なさいますが、ダンスのお相手はいたしません。若い貴族の殿方がお相手です。皆様は、ダンスだけでなく会場での立ち居振るまいもチェックされますので、心掛けてください」

陛下にまた会えると喜ぶ者、華やかなパーティに心ときめかせる者、ダンスは得意だわと自信を見せる者。

その中で私だけが、別の望みを持っていた。

どうか、その会場にドラガン様がいらっしゃいますように、と。


王城で一番豪華で、一番大きな広間。

楽団の奏でる音楽、飾られた色とりどりの花、見ているだけでもうっとりとしてしまう料理の数々。

そして何より、己の美しさを競うように身を飾った女性達。

かくいう私も、もしかしてドラガン様がいらっしゃるのでは、と精一杯着飾った。

森を思い出すようにと緑のドレスを選び、奇抜だと言われるだろうけれど、髪に絡ませるように蔦《つた》を飾った。

グリーンは沈む色かしらと思ったのだが、赤やピンクのドレスに身を包む者が多い中、少し目立ってしまった。

でもいいわ。

それならそれで、彼がいればすぐに気づいてくれるだろうから。

グレイスは、可愛《かわい》らしい白いレースの一杯付いたピンクのドレスだった。

私は会場に入ると、すぐに集まった殿方の中に彼の姿を探した。

黒い髪は珍しいからすぐに見つけられると思ったのに、彼を見つけることはできなかった。

来ていないのだわ。

後宮に出入りを許されていたことといい、身分のある方だと思ったのに。

残念に思っていると、陛下がお姿を現し、それに続く侍従達の先頭に黒髪を見つけた。

彼だわ。

玉座に座る陛下の傍らに、当然のように立っている姿。

胸がドキドキした。

ああ、自分から声をかけられればいいのに。でも陛下の側へ寄れば、あらぬ誤解を受けてしまう。


こちらへいらしてくださらないかしら？

私に気づいてくださらないかしら？

祈るような思いで向ける視線。

音楽が流れ、殿方がゆっくりとした動きでこちらに向かって来る。

他の人に触れたくはないけれど、彼には気づいて欲しい。そんな相反する気持ちで、焦れてしまう。

ドラガン様。

私はここにいます。

どうか一曲でいいから踊って。

いいえ、ダンスがダメなら、せめて一言だけでもかけて。

あなたのためだけにここにいるの。昨夜から、クローゼットのドレスをベッドの上に広げて、ようやくこの一枚を選び直したの。

髪だって、何度もやり直してもらったわ。

ダンスには自信もあるの。

だからどうか、どうかお願い。

じっと見つめていると、ようやく彼と視線が合った。

でもドラガン様はすぐにはこちらへは来てくれず、陛下に何か耳打ちしていた。

期待に胸が膨らむ。

私は視線を彼から離さなかった。

陛下が何か囁くと、彼は少し困った顔をしながらこちらへ近づいてきた。

「今日は靴を履いてるんだな」

最初の一言がそんなセリフなのはがっかりしたけれど、喜びはその数倍だった。

「ええ。ですからダンスも踊れますわ」

黒い髪に似合った、銀と黒の衣装。

肩止めは淡い青で、その瞳の色と合っている。

こうして他の方々と並んでも、遜色のないほど優雅で、凛々《りり》しくて素敵だわ。

「…踊っていただけますか？」

女性から誘うのははしたないことだとわかっているけれど、このチャンスを逃したくなかった。

「そうだな。今日はハラルドは踊らないし」

まあ、陛下を呼び捨てにするなんて。本当に親しいのね。

「では一曲」

彼が手を差し出す。

私は夢見るような気持ちで、その手を取ると、フロアに滑り出した。

ひんやりとした冷たい手。それとも私が緊張して熱を持ってるのかしら。

腰に腕が回ると、心臓が高鳴る。この音がどうか彼には聞こえませんように。

彼は、ダンスがとても上手《うま》かった。ステップは軽やかで、リードも上手い。こんなに踊りやすい人は、ダンスの先生以来だった。

「上手いな」

「あなたこそ」

「お前より長く踊ってるだけだ」

「時間だけでは上手くならないわ」

「どうかな」

彼と言葉を交わす。ただそれだけでまた胸の先がツキンとする。

「もっと派手な格好をすればよかったのに」

「何色がお好き？」

「ハラルドは淡い色が好きだな」

「陛下ではなく、あなたがよ」

「私？　何故《なぜ》？」

何故って、あなたに気に入られたいからに決まってるじゃない。

でもそれは口には出せない。

「あなたに興味があるから」

「私などに興味を持っても仕方ないだろう」

「どうして？　…助けていただいた方に興味ぐらい持ちます。たとえば…、ご結婚なさっているのかしら、とか」

返事が来るまでの数秒間が、とても長い。

「おかしな奴《やつ》だな。私は結婚などしていない」

ああ、よかった。

少なくとも、私がこの方に好意を寄せることは、悪いことではないのだわ。

「だから女性を褒めるのも苦手なのね」

「髪の蔦《つた》も変わってる」

「森のイメージなの。ドレスも」

「ああ」

彼は納得した、というように笑った。

その笑顔にほっとする。気に入ってもらえたわ、と。

「私は森も好きだが、水の流れが好きだ」

「じゃあ今度は青いドレスにします」

「そうだな。きっと似合うだろう」

嬉しい。嬉しい。

身体中が痺《しび》れるような喜びが溢《あふ》れる。

この曲がいつまでも続けばいいのに。もっと彼と一緒にいたいわ。彼と話をしたいわ。

けれど、曲はさほど長くは続かなかった。

短すぎる音楽が途切れ、彼が離れる。

新しい曲が流れる中、彼は礼儀正しく手を取って、元の場所まで私を送り届けてくれた。

「他の男にも誘われるといいな」

からかうような口調に軽く拗《す》ねる。

「他の方なんて、興味がありません」

私が興味があるのはあなただけよ、とアピールしたつもりだったのだが、伝わっていないようだった。

「それもそうだな。お前の望みは王一人なのだから」

その誤解をこの場で解けないのは不本意だけど、否定はしなかった。王妃候補という自分の立場があるので。

「またお庭で会いましょうね」

と言うので精一杯だった。

「機会があればな。……言い忘れたが、その姿も綺麗だ」

褒められて、また喜びが溢れる。

彼はすぐに陛下の元へ戻って行き、私も次の男性に誘われたけれど、心の中は彼のことで一杯だった。

彼と踊ることができた。

奥様がいらっしゃらなかった。

綺麗って言ってくれた。

今夜は眠れそうにないわ。

その後も興奮していて、誰と踊ったかも覚えていなかった。

踊っていない時は、視線はドラガン様に釘付《くぎづ》けで、隣にいらっしゃる陛下の姿さえ、目に入っていなかった。

彼が他の女性を誘わないことにほっとして、なるべく長く彼を見つめられるように、ダンスが終わるとそそくさと壁際に姿を隠し、飾られた花の陰から視線を送った。

私の心はただ一人の方に向いたまま。

それ以外のものなど、どうでもよかった。

次は何時《いつ》会えるかしら。会うためにはどうしたらいいのかしら。

またこんな機会があればいいのに。

ああ、すぐに青いドレスを新調しなくちゃ。そういえば、ビーズをたっぷり刺繍《ししゅう》した薄青のドレスがあったわ。今度はあれを着て庭を歩こう。

頭の中は彼のことだけ。

失礼ながら、陛下のことなど少しも意識していなかった。

なのに…。

「ソフィア様」

パーティが終わる頃、使いの者が私の傍らで言った。

「陛下がお呼びです。終わりましたら、奥へどうぞ」

近くにいた女性達の目が一斉に私に注がれる。

「私…、ですか？　何かの間違いでは…」

「いいえ。間違いではございません、ソフィア・エレ・イグリード様。陛下からお話があるそうです」

それは波乱を予感させる、驚きの言葉だった。

「きっと粗相があったのよ」

「お叱りを受けるに決まってるわ」

聞こえるように囁く女性達と別れ、私は緊迫した面持ちで案内の侍従に付いて奥へ進んだ。

通ったことのない廊下。

等間隔に並ぶ衛士《えいし》以外人影はなく、空気は息苦しいほど重たい。

どうして私が？

何を言い渡されるの？

王妃に選ばれるなんて考えは少しもなかった。

何か特別なことをしたわけでも、起こったわけでもないのだから、私だけがお目に留まるなんてことは有り得ない。

むしろ、陰口を囁《ささや》いた女性達の言葉のように、何かお叱りを受けるのではということの方が心配だった。

パーティの間中、ドラガン様のことを見つめていたことを咎《とが》められるのかしら？　はしたないことだと怒られるのかしら？

でもそれならばケルトナー夫人からで十分なはずだし。

それとも先日の噴水でのことを訊かれるのかしら？

あれは私が悪いわけではないのだけれど。

悩んでいる間に、案内の侍従が一つの扉の前で足を止めた。

扉をノックし、中へ声をかける。

「ソフィア様をご案内しました」

「入りなさい」

陛下の声。

怒ってはいないようだけれど……。

「失礼いたします」

侍従がドアを開けると、淡い緑の壁に囲まれた小部屋に陛下がいらした。

火の入っていない暖炉の前の、アイボリーの椅子に座り、こちらを見る。

「お前は外で待っていなさい。さあ、ソフィア、中へ」

「はい。失礼いたします」

名前を呼ばれ、腰を屈《かが》めて会釈し、中へ進む。

背後で扉が閉まると、心細さに逃げ出したい気分になった。

「こちらへ」

「はい」

しずしずと歩みより、陛下の前のソファの傍らに立つ。

「お座り」

と許可をもらってから、椅子に腰を下ろす。

豊かな金の髪。

柔らかそうな巻き毛を後ろに流し、口元に微笑《ほほえ》みを浮かべているのに、言いようのない威厳を感じる。

縁に毛皮のついたローブもお似合いだわ。

「すまなかったね、呼び出して」

「とんでもございません。ご尊顔を拝見できて、光栄でございます」

「緊張しているかい？」

「はい」

「そう緊張しなくてもいいよ。少し話をしたいだけだから」

そう言われても、陛下と二人きりで対面して緊張しない者などいないだろう。…ドラガン様ならしないでしょうけど。

「あの…、私に何の御用でございましょうか？」

陛下は、うむと頷《うなず》くと、身を乗り出した。とはいえ、私達の間にはかなりの距離があるのだけれど。

「率直に問おう。君は王妃になりたいかい？　ソフィア」

「…え？」

唐突な質問に驚き、言葉をなくすと、陛下は一呼吸置いて言い直した。

「ドラガンの話では、君は王妃候補となって王城に来たいと言っていたらしいが、それは本当なのかな？」

「あ、はい。それは確かに申しました。けれどそれは物を知らぬ娘の夢物語で、決して真剣に懇願したわけでは…」

そのことを怒られるのだろうか？

陛下の友人にくだらぬ頼みをした、と。

「私は彼よりは女性の心がわかっているつもりだ。私の妻になりたいと口にする者の中には、様々な心持ちの女性がいる。ただ憧れで口にするだけの者、王妃という立場が欲しい者、私自身に愛情を抱いてくれる者などね」

「はい」

「私が君に訊きたいのは、君がどういうつもりでそれを口にしたのか、ということだ。怒らないから正直に言ってごらん」

正直に…。

公爵家の娘とすれば、陛下を敬愛しお側《そば》に仕えたいと言うべきなのだろう。けれど私は陛下に敬意は抱いていても愛情はない。

私の心にあるのは、ただ一人の方のみだ。

陛下を心から尊敬しているからこそ、嘘《うそ》をついてはいけないと思った。

「…憧れでございます」

おずおずと、自分の気持ちを口にする。

陛下は、変わらず穏やかな目で私を見ていた。

「私は父の公爵領で育ったため、王都や王城に憧れがございました。拝謁叶わぬ陛下にも、年頃の娘らしい憧れがございました。ですから、ドラガン様に、『もしも花嫁候補に選ばれたのなら王都に行けるのに』と申してしまいました」

「私を愛してはいない、と？」

「お恐れながら…」

「では、もう満足したかい？」

その言葉に、私は焦った。

ここで満足した、と言ったら帰されてしまうのではないかと思ったのだ。

王城にも、陛下の花嫁にも未練はない。けれどここにいなければあの方には会えない。

「まだです」

「まだ？」

「あの…、選ばれないことは重々承知しております。けれどもう少しこのままで居させてくださいませ」

「何故？　王城の暮らしが気に入った？」

「いいえ」

「…またはっきりと答えたね」

失笑され、顔が赤くなる。

「申し訳ございません。でも、もう少し、せめてこの考査が終わるまででもかまわないので、王城に置いていただきたいのです」

「何故？」

「王城でしか会えない方がいらして…」

陛下の前で別の殿方の名前を出していいものかどうか迷っていると、陛下の口から彼の名が零《こぼ》れた。

「ひょっとして、ドラガンか？」

図星をさされて、全身が熱くなる。

「なるほど、ソフィアは彼に会いたくて王城に残りたいと言うわけか」

「いえ、あの…。それは…」

「ドラガンに会いたいのだろう？」

「…はい」

　恥ずかしい。

　見透かされてしまった。

「君は、彼が好きなのかな？」

　うう…、どうしよう…。

「怒らないから、正直に言いなさい」

「…はい」

　いたたまれなくなって、私はぎゅっと拳を握り、赤くなった顔で俯《うつむ》いた。

「彼が何者だか知っているのかい？」

「水源の調査団の方としか…。でも陛下のお名前を呼ぶことをお許しいただいているので、ご友人かと」

「友人か…。爵位は知っているかね？」

「いいえ」

「それなのに彼が好きなのか」

　もういいわ。

　こうなったら隠すことなどないわ。

「あの方と、森を歩いたのです。ドラガン様は、あまりお言葉が上手い方ではありませんでしたが、私が女であるから帰れとは申しませんでした。一緒に連れ歩いてくださいました。それに、水を綺麗《きれい》にするのがとても上手いのです」

「それが彼の仕事だからね」

「でも、とても優しく笑うんです。私はそんなに殿方とお付き合いしたことはありませんが、あの方は他の方とは違いました」

「どんなふうに？」

「信頼のおける方です。気取らず、意地を張らず、人を馬鹿にするようなこともなく、凛々《りり》しくて優しくて…」

「私よりも彼が好き、と」

「…申し訳ございません」

「いや、いい。顔を上げなさい」

言われて顔を上げると、陛下は笑っていた。おかしくて堪《たま》らないというように、肩を震わせて。

「私が君を選んだのは、ドラガンに頼まれたからだ。彼が、よい娘がいるから会ってみないかと君を推薦したのだ」

彼が私を『よい娘』と言ってくれていた。それは嬉《うれ》しいけれど、今ここではどういう顔をすればいいのかわからない。

「だがそれは彼の間違いだったようだな。君が『よい娘』だったのは、私にではなく彼にだったようだ」

「違います」

「違う…？」

「私が彼を好きだと気づいたのは、王城で再会してからです。ですから、領地で一緒にいた時には普通に接していました。それに、一緒に森を歩く私を、彼はお転婆《てんば》だと…」

「森を歩くだけだろう？　なのにお転婆と言われたのか」

「道のないようなところまで一人で入り込んでいたので…」

「怖くないのか？」

「私の家の領地にある森には、危険な動物はいません。森番もしっかり監視をしてますので」

「ふぅん…、君は面白い娘のようだね。ドラガンが興味を持つのも頷ける」

「呆《あき》れたりはしていませんでしたか？」

不安を口にすると、陛下は安心しなさいというように微笑んだ。

「彼は宮廷の淑女よりも自然を愛する女性が好きだからね。何なら私の方から今度は彼に君のことを推薦してあげようか？」

「いいえ、それはいけません」

「どうして？」

「だって、陛下のお言葉は絶対です。もし彼が私を好きでなくとも、陛下のお言葉を拒むことはできません。私は自分の力で、彼に振り向いて欲しいんです」

　生意気だったかしら？

　折角《せっかく》のお言葉だったのに。

　だが陛下は大きく頷《うなず》いただけだった。

「君はいい娘だね。では君のために、なるべく花嫁を決定するのは遅くしてあげよう。君がドラガンと会えるチャンスを作ってあげることは、決して威圧的なことではないだろう？」

「お心遣い、感謝いたします」

　優しい方だわ。

　賢王の誉れ高い方だとは伺っていたけれど、それは本当ね。

　私のような者まで気遣ってくださるなんて。

「あの…」

　その陛下の優しさに甘えて、私はもう一つ心に抱いていた願いを口にしてみた。

「陛下はもうお心に決められた方がいらっしゃいますか？」

「それは君にも言えない。だがどうして？　君は王妃に興味はないのだろう？」

「もしどなたも選べないとおっしゃるのでしたら、私からお一人推薦したい方がいるのです」

「推薦？」

　また笑われてしまった。

「つくづく変わった娘だな」

「そうでしょうか？　王妃の資質がある方を陛下にお勧めするのは、臣下としての務めだと思います」

「それで？　誰を勧めるつもりかな？」

「グレイスです。ギース家のグレイスです。お母上が陛下の乳母をしていた娘です」

彼女の名前を出すと、陛下の顔から笑顔が消えた。

真剣な顔付きになり、指を組むようにして椅子にもたれる。

「君は彼女の何をしてそう思うのかね？」

それは誰かと尋ねないということは、陛下は彼女のことがわかっているのだわ。

「優しい方です。少し気の弱いところもありますが、芯はしっかりとしています。困った人に手を貸すことを躊躇《ちゆうちよ》せず、他人を悪《あ》し様《ざま》に言うことがありません」

「だが彼女は王妃になりたくないかもしれない」

言ってしまってもいいわよね？

こんなチャンスは二度とないもの。

「いいえ。彼女こそが、陛下をご身分に関係なく愛してらっしゃる女性だと思います。グレイスは、心から陛下を愛しておられます」

「本当に？　君はそれを聞いたのか？」

「はい」

私は胸を張ってそれに答えた。

グレイスは、本人の口から『あなたを愛しています』とは言えないだろう。私などと違い、慎み深い女性だから。

でも私は知っている。普段はおとなしい彼女が、陛下を語る時だけ熱弁をふるうことを。

「君がドラガンに対する気持ちを正直に吐露したのに、私が黙っているのは正しくないな。私も、彼女のことは特別に思っている。だがそれはまだ口にすべきことではない。けれど、彼女が私を望んでくれているというのは、とても嬉しいことだと答えておこう」

まあ…。

まあ、まあ、凄《すご》いわ。

グレイスがここにいればよかったのに。

「君はドラガンが初めて興味をもった女性だと思う。どうなるかは私にもわからないが、応援しよう。さあ、今日はもう部屋に戻りなさい」

「はい」

「今夜のことは、決して誰にも口外してはならないよ。いいね？」

「はい」

「よろしい」

陛下が立ち上がり、ドアへ向かう。

私も慌てて立ち上がり、その後を追った。

「話は終わった、彼女を送り届けなさい」

ドアの外にはここまで案内してくれた侍従が控えていた。

陛下のお言葉はもうなく、私が退室し、深く頭を下げている間に扉は閉じてしまった。必要以上に私に声をかけることがよい事にならないとご存じなのだろう。

「陛下とは何をお話に？」

後宮へ戻る道すがら、侍従が私に訊《き》いてきたが、もちろん私はそれに答えなかった。

「公爵領の森について尋ねられただけでした」

けれど心の中では叫び出したいほどの喜びで一杯だった。ドラガン様が私に興味をもってくださってると、陛下が私とドラガン様のことを応援すると言ってくださったから。

陛下も、グレイスのことをお気に掛けていらっしゃると言ってくださったから。

その喜びを、片鱗《へんりん》だけでもグレイスに伝えたかったのだが、彼女を呼びに侍女を使いに出すと、既に床《とこ》に入ってしまったという返事だった。

まあいいわ。明日になれば、二人の時間が取れる。そうしたら、私達の恋も、そう望みが薄いものではないと喜び合えるだろう。

私は心から彼女におめでとうと言える。

彼女もきっと私の可能性を喜んでくれるだろう。

ドレスを脱ぎ、ベッドに入っても、眠気はなかなか訪れなかった。緩む顔を戻せず、どんな言葉でグレイスにこの結果を伝えようかと、何度も寝返りを打った。

明日はきっといい日になる。その期待で一杯で…。


目を覚ますと、外はいい天気だった。

窓を開けると、少し冷たい空気が部屋へ流れ込んで来る。それさえも心地よい。

私は青いビーズの付いたドレスを出し、身につける装飾も青で統一した。我ながら単純だと思うけれど、ドラガン様が青が好きとおっしゃったから。

もしかしたら陛下から、具体的ではなくても庭を歩いてこいぐらい言われた彼と、偶然会えるかもしれない。そう思うと、つい気合いが入ってしまう。

「今日は何もございませんでしたよね？」

パーティのあった昨日よりもウキウキしている私に、侍女も小首を傾《かし》げていた。

「一仕事終わってほっとしているだけよ」

「昨夜陛下にお呼ばれになったとか、そのせいですか?」

「いいえ、違うわ。あれはただの世間話だったの」

いけない、いけない。

そんなふうに勘ぐられてしまうこともあるのだから、気を付けなくちゃ。

けれど、気を付けるまでもなかった。

朝食の席では、既に昨夜のことが一同に知れ渡っていたのだろう、向けられる視線は痛いほどだった。

「あの方よ」

「陛下に個別に呼ばれたんでしょう?」

「お叱りを受けただけじゃないの。頭に蔦《つた》なんか付けてらしたから」

「もしかしてもうあの方に決まったんじゃ…」

「そんなことあるわけないじゃない。あんな小娘に」

聞こえる、聞こえる。

わざと私の耳に届くように言ってるのね。

でもどれも事実じゃないから、気にしない。

そんなことより、私はグレイスの姿を探した。

早く彼女に昨日のことを伝えたくて。

グレイスは、少し離れた場所で、私の知らない方と話をしていた。そのせいでこちらに背を向けていたので、手を振っても気づいてはくれなかった。

午前中は相変わらず考査が入っている。

昨夜がパーティだったからといって、お休みにはならなかったみたい。今日は歴史だと張り出されていた。

残念なことに、私とグレイスは違うグループだった。

仕方がないわ、午後まで我慢ね。

歴史の考査は、少し苦手だった。グレイスは得意なので、教えを請いたいと思ったのだけれど、彼女はそのまま朝食の席で話していた女性といなくなってしまった。

一人部屋で本を読み、時間になると決められた部屋へ向かう。

五人ほどが一緒になって学者の方と会話形式で質疑応答を繰り返す。

私の出来はまあまあだと思う。特に良くもなく、悪くもなく、ね。でもすぐに叩《たた》き出《だ》されるような結果でなければかまわないわ。

それが終わると、お茶で簡単に食事を摂《と》り、すぐにグレイスの部屋へ向かった。

「申し訳ございません。お嬢様はお庭にお出になりました」

けれどそこも空振り。

「いいわ、私もお庭に出るから、捜してみます」

庭に出ると、いつもより人影が少なかった。

いつも多いわけではないのだけれど、それでも建物の近くには令嬢達の姿があった。奥へ行けば、散策中の人とすれ違うこともある。

けれど、今日は暫《しばら》く歩いても誰の姿もない。

「…寒いせいね」

日差しはあるのだけれど、風が吹くと首回りが寒い。ショールを持ってくればよかったと後悔しながら進んでゆくと水路にかかる橋に佇《たたず》むグレイスを見つけた。

そこに何かあるのか、流れる水面をじっと見下ろしている。

「グレイス」

近づいて声をかけるまで、私にも気づかなかったようだ。声に振り向くと、酷く驚いた顔で一歩後じさった。

「やっと会えたわ」

「…私」

「昨日はもう休まれていて、お話をすることができなくて」

「え…、ええ。ちょっと頭が痛くて」

「まあ、大変。大丈夫？　建物に戻る？」

「いえ、いいの。それじゃ、失礼して…」

「あ、待って」

私は彼女の腕を取った。

「少し話があるの。ここなら周囲に人もいないし、丁度いいわ。実は昨夜陛下と…」

私が話し始めた途端、彼女の大きな目にじわっと涙が浮かぶ。

「グレイス？　どうしたの？　やっぱりどこか痛むの？」

「ごめんなさい。私ったら…」

「でも」

「私、ソフィアが大好きよ。だから、あなたなら心から祝福するわ」

「グレイス？」

「でも今は…、まだ、ごめんなさい」

彼女は私の手を振りほどいて立ち去ろうとした。

その時になって、ようやく私は彼女の誤解に気づいた。

他の方達がそうであったように、彼女も昨夜の陛下の呼び出しが私を花嫁に選んだ知らせだと誤解しているのだ。

「違うのよ、グレイス」

私は慌てて彼女を追った。

「陛下とのお話はそういうことじゃないの。いえ、そういうことなのだけれど、それは私ではなくて…」

橋を渡り切る前に彼女を捕まえ、こちらを向かせる。

「止めて！　今は聞きたくない」

興奮した彼女は顔を背け、首を振った。

誰に誤解されてもいいけれど、彼女にだけは誤解されたくない。真実は彼女を喜ばせるものであって、悲しませるものではないのに。

「ちゃんと聞いて。あなたは間違ってる」

「放して！」

彼女がもう一度私の手を振りほどこうと腕を伸ばす。その肘が、運悪く私の胸に当たった。

「痛っ…」

痛みに彼女の手を放し、胸を押さえた瞬間、ふわりと足が浮いたのを感じた。

「ソフィア！」

驚く彼女の顔。

青く澄み切った空。

背中に当たる橋の欄干。

「いやぁ…！」

全てがゆっくりと視界の中を流れてゆき、全身が水面に叩《たた》きつけられた。

「ソフィア！」

悲鳴に近いグレイスの声がする。

けれどすぐにそれは泡の音にかき消された。

落ちた。

すぐに浮かび上がらなくてはと思うのに、急速に水を吸ったドレスが重たく身体に纏《まと》わり付《つ》いて動きを邪魔する。

もがいて水面に手を伸ばすけれど、流れが私を押し流す。それでももがき続けると、靴が脱げるのがわかった。

苦しい。

息がつけない。

何とか一度は顔を出したが、すぐにまた水の中に沈んでしまった。

王城の水路は深く、歩くことなどできないと言ったドラガン様の言葉が頭を過《よぎ》る。でもこんなに深かったなんて。

目の前に彼の顔が浮かぶ。

『ソフィア』

水に揺蕩《たゆた》う黒い髪。

真っすぐに見つめる青い瞳。

心配そうな、怒ったような顔。ああ、本当に彼がここにいたら、きっと怒られるわ。落ち着きがないとか、お転婆《てんば》だからとか。

けれどこれは幻想だから、彼は私を強く抱き締めてくれた。

もしかしたら、私は死ぬのかもしれない。だから彼のことを思い出すのだ。

落ちる前、周囲に人影などなかった。だからこれは本人ではない。死ぬ前に彼にもう一度会いたかったという私の願望。

だったら迷うことなどない。

私は幻の彼にしがみついた。

本当に好きなの。王様なんかどうでもいい。王城も素敵なドレスもいらない。

もう一度二人で森を歩きたかった。私の望みはただそれだけ。

あなただけだったの…。


胸苦しさがふっと楽になり、身体に纏《まと》わり付いていた冷気が引《ひ》き剥《は》がされる。

一瞬、寒さに身体が震えたが、すぐに温かいものがふんわりと全身を包んだ。

柔らかいものが顔を拭い、そのまま髪を拭う。

苦しかった呼吸が落ち着いてゆく。

「寒い…」

と口にすると、何かがぎゅっと私を抱き締めた。

反射的に、私も抱き締めてくれた者にすがりつく。

唇に触れる柔らかな感触。

口の中に流し込まれる液体。

こくりと飲み干すと、喉が焼けるように熱くなり、小さく咳《せ》き込《こ》む。

「飲みなさい」

命じる声が耳元で響く。

「…いや」

「温まるから飲むんだ」

促されてもう一口だけ口に含んだ。

お酒だわ…。それもかなり強い。こんな強いお酒、飲んだことがないけれど、身体は温まってゆく。

温かくなると、ほっとしてまた意識が遠のく。

けれど眠るのが怖くて、私はぎゅっと手の中のものを握り締めた。

「いや…、怖い…」

「大丈夫だ。もう怖いことなどない」

今度ははっきり聞こえる声。

この声は…。

うっすらと開ける目。

視界一杯に映るドラガン様の顔。

その顔が近づいて、唇が重なり、また口の中に熱いものが注がれる。

「ん…」

喉を流れる痛いほど熱い液体に、今度はしっかりと目が覚めた。

「ドラガン様…？」

声を出してその名を呼ぶと、離れようとしていた顔がほっと緩み、口元に笑みを浮かべた。

「わかるか？」

今のは…、キス？

いいえ、お酒を口移しで飲ませただけ？

「…よかった」

彼が覆《おお》いかぶさるように私を抱き締める。

その感覚は、眠りの中で感じたものと同じだった。

「ここは…？」

「離宮だ。お前は水に落とされたのだ。覚えているか？」

「ええ…。グレイスは？」

「お前を落とした者は帰した」

彼はムッとした顔で答えた。

「いいえ、違います。…あれは偶然肘が当たっただけです。彼女が意図してやったわけではありません。どうか彼女を責めないで…」

「お前は…」

「彼女は誤解していただけなんです。彼女にも説明しないと…」

「…わかった。だが今はおとなしくしていろ」

薄暗い部屋。

目が慣れてくると、だんだんと辺りが見えて来る。

見知らぬ部屋。

暖かく燃える暖炉。

その前の椅子に掛けられたぐっしょりと濡れた青いドレス。ビーズの刺繍の施されたそれは、私が着ていたものだ。

でも何故《なぜ》それが椅子に掛けられているの？

「何だ？」

固まった私の視線を追って、彼がそれに気づく。

「脱がせた。濡れたままでは風邪をひくからな」

それはそうかもしれないけれど、あれがあそこにあるということは…。

己の身体に目をやると、私はベッドに寝かされていた。

彼は、一緒にベッドに入っていた。

彼の服を掴《つか》んだままの自分の手には薄いガウンの袖がある。

このガウンは誰が着せてくれたの？　いいえ、そもそもあそこにあるドレスは誰が脱がせてくれたの？

「まだ冷えるのなら、もう一口酒を飲むか？」

恥ずかしさに震えた身体を誤解して、彼が小さなグラスを近づける。

「いえ…、もう…」

私はそれを断った。

顔が熱い。でもそれは飲まされたお酒のせいではない。

彼もそれをわかってくれた。

「身体を温めるために側《そば》にいただけだ。…だが、お前が目を覚ました以上、私がここにいるのは相応《ふさわ》しくないな。誰か女性を呼んでこよう。お前を落としたグレイスが、悪意がなかったというのなら彼女を…」

「いいえ」

「では侍女を？」

「いいえ。誰も呼ばないで」

私はまだ握っていた彼の服をしっかりと握り直した。

「王の花嫁候補が、他の男と同じベッドにいることは好ましくない」

「でもあなたが私の服を脱がしたのでしょう？　他に誰もいないもの」

「それは仕方のないことだ。お前は溺れて、意識を失っていた。…死んでしまうかと思った」

最後の一言を言う時、彼の唇が僅かに震えたように見えた。

心配してくれたのだ。

「私も…、死んでしまうかと思いました。助けに飛び込んでくれたあなたの姿を見た時、幻だと思いました。でも最後に見る幻が、あなたでよかったとも」

あの時、本当に私は死んでしまうかと思った。

重たくなったドレスと、呼吸を塞ぐ冷たい水。もがいても浮かぶことができず、これで最後だと覚悟した。

だからこそ、今、ここで淑女としての慎みを捨てる覚悟ができる。

「私は、…、あなたに側にいていただきたいのです、ドラガン様」

『いつか』とか『どこかで』という曖昧な言葉を待っていたら、予期せぬ出来事で全てを失うことがあるかもしれない。

それならば、今ここにいるあなたから、離れたくない。

「正直に言おう。私は男だ。理性はあるが、お前と同じベッドに入ってそれを保ち続ける自信がない」

「それは私だから？　それともベッドに横たわる無防備な女性だから？」

「お前だからだ。もしソフィアでなければ、気を失っているお前を誰かに手渡してその場を去っただろう」

嬉《うれ》しい。

でもどうしてあなたはそんなに困った顔をしているの？

「心細さに強い腕を求めるのなら、ハラルドを呼んでやろう。内密に呼び出せば……」

「他の人の名前を出さないで。私は、あなたが好きなの」

「ソフィア」

彼は、私と二人きりになったことを後悔し初めている。

下種な考えを持つ者ならば、私の純潔は既に汚されていただろう。けれど彼は高潔な方だから、私が恥じらったことを知って、悪いことをしたと思い始めている。

もしここで彼と離れたら、彼は自分の行いを恥じて、もう私の前に姿を現さなくなるかもしれない。

そういう人だから、私は彼を愛したのだもの。

「どうか、慎《つつし》みのない女だと思わないでください。こんな状況だから、あなたの手を取ったのだと誤解しないでください。私は…、あなたに恋をしているのです」

「私を試しているのか？」

「いいえ。死ぬ思いで告白をしているのよ。あなたが私を愛していなくてもいい。でも、こうして二人きりでいられるチャンスはこれが最後かもしれないと思ったら、自分の気持ちを伝えずにはいられなかった。あの森で共に過ごした時から、私はあなたに好意を寄せていました」

「お前は王の花嫁になりたいと言っていただろう」

「それは間違いだったとはっきり言えます。ただの憧れで、華やかな世界に足を踏み入れてみたかっただけだったと。ここへ来て、陛下にお会いして、自分の心がどこにあるのかわかりました。だから…、どうかお時間の許す限り側にいて下さい」

指先が、みっともないほど震えていた。

彼を引き留めたくて必死だった。

お願いだから、笑い飛ばしたりしないで。子供の思い込みだとか、一時の気の迷いだと言わないで。

私はちゃんと考えた。

それでもあなたのことしか考えられなかったの。

「ソフィア…」

ドラガン様は変わらず難しい顔をしていた。

一度目を閉じ、深く息を吐いた。

「お前は、浅はかな女だ」

嫌われた…。

心臓にナイフが突き立てられたような痛みが走る。

「だが、私はそれ以上に、愚かな男だな…」

「あ…」

黒い影が、私を包む。

私の身体を温めるためではなく、怯《おび》える者を守るためでもない力強い抱擁で、身体が包まれる。

行かないでくれればいい。

ただ私の言葉を真剣に受け止めてくれるだけでいいと思っていたのに、彼の唇はそれ以上のものを与えてくれた。

合わさる唇の間から、濡れた舌が差し込まれる。

その瞬間に、酒で熱を取り戻した身体に痺れが走った。

男と女の間に、閨《ねや》での営みがあることは知っていた。

けれど私はまだその全てを知ることはなく、口づけすらも初めてだった。

男の人が女性の身体を求めるのは、愛情と欲望の二つの理由がある。それは肌と肌を触れ合わせて、心を高ぶらせ、互いを求め合うものだという程度のことしか知らない。

閨での作法を知るにはまだ早いと言われていた。

もしも陛下の、いえ、それ以外の誰かにでも、花嫁になると決まったら教えられるものだったろう。でも、今はまだ無知なままだった。

ベッドの中、森で私の手を引いてくれた大きな手が、ガウンの襟元から中へ滑り込む。

ドレスだけが脱がされたのだと思っていたが、手が直に胸に触れ、自分が下着すら身につけていないことに気づいた。

彼はもう私の一糸纏わぬ姿を見ているのだ。

それを思うと、身体が震えた。

けれど彼は私の震えに気づかず、その手で胸を掴んだ。

「…あ」

膨らみを掴まれ、声を上げる。

揉《も》みしだくように動き始め、指先が胸の先に触れる。

初めて他人に触れられた場所が、ツキンと痛む。それは彼と再会した時に感じた痛みに似ていた。

あの時、私の身体は既に彼を求めていたのかもしれない。

彼の唇が首筋を濡《ぬ》らし、ゆるりと下がってくる。

心臓はうるさいほど鳴り響き、正常な思考の邪魔をした。

彼の手が、舌が、私を熱くさせる。

舌は襟元を滑り、手が捕らえていた胸にたどり着いた。

「あ…、や…っ」

硬く張った先に、舌が触れる。

柔らかく濡れたものが、先を転がす。

全身が、感じたことのないような快感に溺れてしまう。

他の人も、こんな感覚を味わうの？　それとも私だけ？　相手が彼だからなの？　それとも男の人に触られるとみんなこんな反応をするの？

わからないまま、彼に翻弄されてしまう。

「…ひ…っ」

口に含まれ、先が吸い上げられる。

もう一方の胸は指先が弄んでいた。

触れられているのは胸なのに、下半身が焦《じ》れるように疼《うず》く。

彼はずっと胸を愛撫《あいぶ》し続けた。子供が柔らかな毛玉を手の中で弄ぶように。

感覚は先端が敏感なのに、握られている胸も感じる。

ふっと目を落とすと、丁度彼の舌が自分の胸の先をぺろりと舐《な》めるところだった。その姿を見ただけで、またジクンと身体が疼く。

「あ…ん…っ」

柔らかさを確かめるように揉み、彼は私の胸の間へ顔を埋めた。彼の纏っている、黒い薄手のシャツが肌を擦る。

口を塞がれているわけでもないのに、息苦しい。

彼の右手が、胸から離れ、身体のラインをたどるように下へ伸びた。

脇腹を滑り、足の付け根に触れる。

「あ…、だめ…っ」

くびれた筋に沿って、指は私の下生えに触れた。

「あ…っ！」

薄い毛をかき分けるように、指が中に触れる。

先にある敏感な部分を見つけだし指で擦る。

「あん…」

そんなところに硬くこりっとした小さな突起があるのだと、彼の指が教えた。しかもその場所は、胸よりもさらに強く、私を混乱させる。

「や…ん…っ」

指がそこを弾く度、ビクビクと、全身が痙攣《けいれん》するように震え、彼の服を強く握った。

「あ…何…っ？」

指先が、滑るように奥へ進む。

彼の指が肌ではない場所へ入ってゆく。

そんなところに、彼の指を呑み込む場所があるの？

自分の身体なのに、知らないことばかり。それを彼の指が教えてゆく。

「あ…ぁ…っ」

ぬるりとした感覚で、指が中に入る。

「や…」

身体の…中？

そこがどうなっているのかわからないけれど、指は確かに私の内側にあると感じた。

中で指が動く度、とろりとしたものが溢《あふ》れ出《で》る。

足を閉じたいのに、力が入らない。

何かが身体の奥底から湧き上がり、彼の指を捕らえた場所がヒクヒクと動いてしまう。その感覚が最高潮に達する前に、指は動きを止め、引き抜かれた。

「や…」

物足りない感覚に声が漏れる。

その声を聞いてから、突然、ドラガン様が身体を起こした。

彼の肩から掛かっていた布団が落ちる。

そのせいで羽織っていたガウンが完全に前をはだけさせ、自分の裸体を晒《さら》した。

「いいか…？」

何かを確かめるように彼が問いかけたけれど、私にはその意味がわからなかった。

「…何を…？」

問い返すと、彼の顔が歪《ゆが》む。

「入れて、求めてもいいか？」

言葉を付け足されても、彼の求めるものがわからない。

「何を入れるの…？」

指？　でももうあなたは中に入れてしまったわ。もっと奥まで入れるの？　そんなに奥まで入るものなの？

「そうか…、お前はまだ…」

困ったような切ない表情の後、彼はふいっと顔を背け、私のガウンを直した。

「ドラガン様…」

身体の中で、埋《うず》み火《び》のように熱が残る。

「身体は大人でも、お前はまだ子供だということを忘れていた」

「そんな…」

「服を整えて、落ち着いたら戻るといい」

呆《あき》れられた。

見捨てられた。

「どうして、私…、何かいけないことをしたのですか？」

乱れた服もそのままに、身体を起こして彼にすがりつく。

「違う」

彼はその手をやんわりと引《ひ》き剥《は》がし、私の身体を布団で包んだ。

「では何故《なぜ》？」

手首を押さえ込まれ、再び彼にすがりつくことはできなかった。

上から覗《のぞ》き込《こ》む彼の顔が苦渋に満ちている。その理由が、私にはわからなかった。けれど彼がもう私に触れる気が失《う》せてしまったことだけはわかって、涙が滲《にじ》む。

気持ちが通じたと思ったのに。

彼にも、私を求める気持ちがあるのだと喜んだのに。

「泣くな」

言われても、溢れる涙が止まらない。

「無理です…」

「お前は私に助けられ、少しその気になっただけだ」

「違…」

「でなければ、ベッドに同衾《どうきん》した男に心が揺れただけだ」

「違います…！　私はドラガン様が…」

そんな酷《ひど》いことを言わないで。私の心を疑わないで。初めて男の方を受け入れるのが、そんな簡単な気持ちなわけがないと、わかって。

「子供の憧れならば、もっと大きな幸福を与えてやろう」

「私を子供と言わないで！　あなたに出会った時は、確かに幼い心のままでした。けれどもう今は…！」

「私には信じられない」

突き放される言葉。

「信じ…られない…？」

「お前のことは気に入っている。だからお前に幸福をやろう。私は…、お前を愛することはできない」

愛することはできない。

その一言が、大きな刃《やいば》となって私の身体を引き裂いた。

全身から力が抜け、身体がベッドへ沈み込む。

彼が手を放してくれても、起き上がる気力さえ失ってしまった。

「後でドレスを届けさせる。着替えたら、自分の部屋に戻るんだ」

最後にかけられた言葉にも、何も反応ができなかった。

薄闇に消えるように去ってゆく彼を、引き留める言葉さえ出なかった。

悲しくて。

言葉では言い尽くせないほど悲しくて…。


暖炉の火が消える前に、見知らぬ侍女が訪れ、抜け殻のようになった私に新しいドレスを着せてくれた。

彼女に手を引かれ、建物の外に待っていた馬車で、短い道程を進み後宮へ戻される。

後宮では、私の侍女が待っていて、酷く心配した顔で迎えてくれた。

「大丈夫ですか、お嬢様」

安心させてあげたいと思ったのに、声が出ない。

「…疲れたの」

その一言を言うだけで精一杯だった。

部屋に戻り、彼女の淹《い》れてくれた温かいミルクにも手を付けず、ソファに身を沈めたまま人形のようにぼうっとしていた。

もう、随分遅い時間なのだろう。

夕食も摂《と》りはぐれてしまったというのに、空腹も感じない。

「お嬢様、グレイス様がお目にかかりたいそうですが…」

侍女に言われて戸口を見ると、目に一杯の涙を溜《た》めたグレイスが立っていた。

「グレイス…」

ああ、彼女の誤解を解かなくては。

せめて、私の大切なお友達だけは、失いたくない。

「入って…。あなた達は彼女の部屋で待っていていいわ」

「はい」

頭を下げて退室する侍女と入れ違いに、グレイスが駆け込んで来る。

彼女は私の足元に跪《ひざまず》くと、手を取って涙を流した。

「ごめんなさい…！　私…、私…、あんなことをするつもりじゃ…」

「いいの。あれは事故だもの」

答える私の目にも涙が浮かぶ。

「あなたが助け出されたと聞いて…、どんな怒りも受ける覚悟でいたわ。あなたの幸福を羨んだ、愚かな私を許して…。今なら心からあなたと陛下の幸福を…」

「違うのよ、グレイス。私…」

崩れ落ちるように、彼女の身体に折り重なり、私は声を上げて泣いた。

「…私、ドラガン様に嫌われてしまったの。愛せないと言われてしまったの…」

「ソフィア？」

「陛下にお会いして、はっきりと申し上げたの。私が愛する人はドラガン様ただ一人だと。けれどご本人から、もう愛せないと言われて…」

届かない想《おも》いをわかってくれるのは彼女だけだと思うと、止まらなかった。

「本気で好きだった。あの方になら全てを捧《ささ》げてもいいと思ったのに」

彼女の手が強く私の手を握る。

「こうなって初めて知ったの、あなたの強さを。自分の好きな人が自分を選ばないかもしれないって思っても、ずっと笑っていられたあなたは私よりずっと大人だわ。他の人の手を取るかもしれないって恐怖に負けないでここにいるあなたは強いわ。私は…、もう帰りたい…」

私は結婚と言う言葉を、夢のように思っていた。

でもグレイスはきっと違う。彼女は王都で育ち、全てを知っていたはずだ。なのにずっと王様への愛情を抱き続けていた。

そんなこともわからずに、私は彼女に一緒に恋が叶うといいわね、なんて軽く言ってしまっていた。

「そんなこと言わないで」

「だって、触れられてる途中で終わりにされたの。子供だって…」

私は本当に子供なのだわ。

男の人のことも、恋のことも何もわからない、子供なのだわ。それが悔しくて悲しい。

「私はいいの。最初から諦めていたから。陛下の側には美姫《びき》が沢山いるのもわかっていたし。でもあなたには可能性があった。その恋に破れてしまったのね」

言われると、また涙が出る。

「かわいそうなソフィア。でも帰るなんて言わないで。私の側《そば》にいて。私もきっと泣くから。大好きなソフィアが選ばれたとわかっても、苦しくて死にそうだった。なのにあなた以外の人が陛下に選ばれたら、私はきっともっと苦しい。その時に、私を慰めて」

「グレイス…」

「私達、一緒よ。だめだとわかっていても、愛《いと》しさを消すことができないことも。そうでしょう？」

私は黙って頷《うなず》いた。

彼がいなくなっても、もう恋は成就しないとわかっても、私の心はまだドラガン様に向かったままだったから。

彼が愛してくれなくても、私はまだ彼を愛していたから。

「…でも陛下はあなたに好意があるとおっしゃってたわ」

慰めるつもりの言葉に、彼女は寂しげに微笑んだ。

「そうね、きっと妹のように、ね」

それは恐らく彼女がずっと胸に抱えていた悲しみだったのだろう。


本当の姉妹のように、二人で悲しみを共有し、泣きながら抱き合って眠った翌日。

私達は慌てた様子で飛び込んできた侍女達に起こされた。

「お嬢様、すぐにご用意なさってくださいませ。陛下のお召しです」

眠い目を擦り、お互いに顔を見合わせる。

「どちらを?」

とグレイスが問うと、侍女二人は声を合わせて答えた。

「皆様です。候補者全員をお呼びなのです」

その言葉の意味するところを、私達はすぐに理解した。

陛下自らが候補者全てを呼び寄せる。それはつまり、陛下のお心が決まったということだ。

何かお達しがあるだけならば、ケルトナー夫人を通して伝えられるはずだもの。

でも私に、なるべく花嫁候補を選ぶのは先に延ばすとおっしゃっていたのに…。

ドラガン様が、断ったからだわ。

お腹《なか》の辺りが冷たく、重くなる。

ドラガン様が陛下に、私を望まないとお伝えになったから、きっともう延ばす必要がないと判断されたのだわ。

「グレイス様。さ、お部屋に戻ってお支度を」

「ええ。ソフィア、それじゃまた後で」

グレイスはガウンを羽織り、自分の部屋へ戻った。

「さあソフィア様も」

「…ええ」

選ばれない、とわかっているのに華やかなドレスを纏うのは気が引けた。けれど公爵家の娘としては、恥ずかしい格好はできない。

「どのドレスになさいますか？」

「…青にするわ」

「もっと明るいお色の方が…」

「いいの。青いドレスが好きなの」

惨《みじ》めな私。

ドラガン様のお心が離れたとわかっていても、彼の好みの色を身に纏おうだなんて。

一番豪華な青いドレスは、水に濡れてしまったので、侍女が選んだ白いレースがふんだんに付いた淡いブルーのドレスを纏った。

髪は軽く結い上げ、青い宝石の付いた櫛《くし》を挿した。

鏡の中の私は、それなりに美しく仕上がったけれど、空《むな》しい。

この姿を見せたいと思う方は、もう私のことなど見向きもしないだろうから。

ビロードのリボンがついた靴ですら重たいと感じる足取りで、案内されるままに広間へ向かう。

そこには既に色とりどりのドレスに身を包んだ女性達が、皆自信ありげに胸を張り、壁際にぐるりと並べられた椅子に座っていた。

遅れてきた私は端の方に座り、グレイスを捜した。

袖口に幾重ものレースが付いた淡いピンクのドレスに身を包んだ彼女は、私と反対側の隅に座り、目が合うと寂しげに微笑んだ。

神様。

私の恋が引き換えにはならないでしょうが、どうか彼女の想いが叶いますように。

せめて、グレイスにだけは、幸福が訪れますように。

私は心の底から祈り続けた。

席が全て埋まると、それを待っていたかのように陛下がお姿を現す。

緋色《ひいろ》のマントを羽織り、正面の椅子に腰を下ろす。

随行してきた何人かの貴族達の中に、ドラガン様の姿を見つけると、また胸が痛んで涙が流れそうだった。でも陛下の御前で涙を流すことはできない。私は爪が食い込むほど硬く拳を握って、その苦しみに耐えた。

「突然の呼び出しですが、皆様にはお心構えがおありのことでしょう」

一人の男性が陛下の前に立ち、私達を見回した。

「陛下はお心をお決めになりました」

ざわり、と言葉にならないざわめきが起こる。

「お静かに。陛下がお手を取られなかった方々も、大変美しく、優れた女性であることは、間違いございません。ですから、どうぞ、その高貴なるお心で、選ばれた方をご祝福くださるよう、お願いいたします」

誰も、何も言わなかった。

怖いほどの静寂の中、陛下が立ち上がる。

ゆっくりとした足取りで、陛下はグレイスの前を通り過ぎた。

…ああ。神様は、どうしてこんなに意地が悪いのだろう。あんなに誠実に陛下を愛する女性はいないというのに。

それでも、彼女は微笑んでいた。涙一つ見せずに。

陛下はそのままゆっくりと人々の前を通り過ぎ、こちらに近づいて来る。

そして終《つい》に、その足が止まった。

「ソフィア」

私の目の前で。

「『もしも』私が君を王妃に選ぶと言ったらどうするね？」

一同の目が、私に注がれる。

誰もが、私の言葉を待っている。

「光栄でございます」

誰もが、私がその申し出を受けることを確信していた。それしか返事はないと思っていた。

それがわかっていても、私の返事はこれしかなかった。

「…けれど、私はそのお申し出を辞退させていただきたく存じます」

広間にどよめきが広がる。

「たとえ不敬を問われようと、私は陛下の隣に立つことはできません」

「私の妻になれば、この国の女性の頂点に立ち、栄華を極めることができるだろう。愛情を注ぎ、子を成し、大切に扱ってやろう」

「それでも、私は自分の心に嘘《うそ》がつけません」

「嘘？」

「はい。私の心は既に他の方のものであり、その方以上に陛下を愛することができないのでございます」

「無礼だぞ！」

誰か、男の方の声が飛ぶ。

「静かにしろ。私は今、仮定の話をしているだけだ」

それを陛下がたしなめる。

「その者と愛し合っているのか？」

「…いいえ」

返事をする時には、声が震え。

「愛されていないのに、その者を選ぶのか？」

「はい」

「その者の名を述べよ」

陛下の命に、私はその目を見返した。

ご存じのはずなのに、どうして？

「ここで、ですか……？」

「そうだ」

「それは……」

あそこに彼がいるのに？

「申してみよ」

「どうか、陛下。それだけは……」

「よい。申せ。その名を口にしなければ、私は『もしも』を実現するかもしれないぞ」

それはできない。

私の真実はドラガン様のものだし、愛もなく親友の幸福を奪うわけにはいかない。

「その方に、害が及ばないとお約束いただけるのでしたら……」

折れるしかなかった。だからそれだけは約束して欲しかった。

「約束しよう」

私は、彼を見た。

難しい顔でこちらを睨《にら》んでいる彼を。

それから、震える声で彼の名を口にした。

「…ドラガン様です」

他人に聞こえないように、小声で言ったのに、陛下は彼の名を大きく繰り返した。

「だそうだぞ、ドラガン」

恥ずかしくて、申し訳なくて、顔が上げられない。

「では私は彼女を選ぶことはできないな。本人が拒むのだから、無理に娶《めと》るわけにはいかない」

陛下はくるりと踵《きびす》を返すと、私に背を向け、一直線に一人の女性の元へ向かった。

「歳《とし》が離れているから、ずっとあなたは私など相手にしないと思っていた。だが他に心に想う相手がいないのならば、どうか私の妻になって欲しい」

その言葉に、私は喜びにうち震えた。

王が跪《ひざまず》き手を差し出した相手は、グレイスだった。

「光栄で…ございます。喜んでお受け致します…」

細い指が王の手を取る。

陛下が彼女の手を強く握り、立たせる。

ケルトナー夫人が拍手すると、場内の全員が立ち上がり、二人に祝福の拍手を送った。

当然私も、誰よりも大きな拍手を送り続けた。

「私のために集められた者達には、それぞれ十分な謝意を示すつもりだ。だが今は、一先《ひとま》ず退室を命じる」

グレイスを抱き寄せた王が命じると、一同はしずしずと動き出した。

「ソフィア、あなたは残りなさい。ドラガン、あなたもだ」

ふいに名前を呼ばれ、身体が硬直する。

ああ、陛下。どうかお心遣いなさらないで。私達のことは既に終わってしまったことなのだから。

けれどここでそれを口にするわけにも行かず、最後の一人が出てゆくまで、棒立ちのままその場に立ち尽くした。

「こちらへ」

呼ばれて二人の元へ歩み寄る。

グレイスは、不安げな目をしていた。

「案ずることはない。私は最初から申し込む相手はグレイスと決めていた。だがドラガンに命じられて、ソフィアに先に求婚せねばならなかったのだ」

命じ…られて…?

ドラガン様が陛下に命令が下せる?

「彼女が、私に君の気持ちを教えてくれた。グレイスが私を愛してくれていると。君が小さなころから、私は君を好きだった。だが君が私を男として見てくれているのかがずっと不安だった。兄のように慕っているだけなら、君の好きな人に嫁がせるべきではないかと悩んでいた。その背を押してくれたのがソフィアだ」

陛下はずっと、グレイスの手を握ったまま続けた。

「だから私も彼女の幸福に一役買おう」

陛下は、離れた場所に立つドラガン様を目で呼び寄せた。

不機嫌な顔の彼が、ゆっくりと近づいて来る。

「無知は偽《いつわ》りではない。公衆の面前で王たる私を袖にするほど愛されて、何を疑う余地があろうか？」

「ハラルド」

王を呼び捨てにするドラガン様に、グレイスは驚きの視線を向けた。

私もだ。ご本人がいらっしゃらない時には有り得ないことではないが、陛下の御前で名を呼び捨てるなんて。

何より、陛下がそのことを少しもおかしいと感じていらっしゃらないなんて。

「たとえ彼女の知識が子供であろうとも、その心は信じるに値するものだと思う。あなたが何者であるかすら知らず、王よりもあなたを愛すると公言する勇気の何を疑うのです」

それどころか、まるでドラガン様が王より身分が高い相手のようなお言葉。

「子供を丸め込むようなことはできない」

「男は娘を女にする役割を担っております。私はあなたより俗人なので、私の愛する娘を妻とし、女にすることを喜びと思います。それとも、あなたはそれを他の者に譲ることを喜ぶのですか？　本当に？」

「ハラルド」

「どうか、もう一度二人で話し合ってください。私はグレイスが自分の半分ほどの背丈の頃から知っていますが、今この腕に抱けることが幸福です」

そして陛下はグレイスの背に腕を回し、彼女に向けて優しい微笑《ほほえ》みを浮かべた。

「さあ、これからの私達のことについて、二人だけで話をしよう」

「ソフィアが…」

「彼女のことはドラガン様が直接話されるだろう」

晴れて相思相愛の恋人となった二人が広間を出て行く。

残されたのは、私とドラガン様だけだった。

「…申し訳ございませんでした。あなたの名を口にして」

私が謝罪を口にすると、彼は怒ったように近づき、目の前に立った。

「ハラルドの手を取れば、お前はこの国の王妃になれた」

「私はそれを望みません」

「私が一介の平民であってもか？」

「私は王宮で暮らしたことがありません。確かに、両親の庇護《ひご》の下、裕福な暮らしはしておりました。けれど、私は…。私は、自分の愛する人と同じものを喜び、同じものを美しいと思える生活こそを望みます」

敢《あ》えて、『あなたと』とは言わなかった。

彼がもうそれを望んでいないと知っていたので。

「愚かな娘だ」

彼の言葉が胸に刺さり、また涙が零れそうになる。

「…申し訳ございません」

「来い」

彼は、私に背を向けて、歩き始めた。

「あの…」

「いいから付いて来い」

「はい」

まだ私を呼んで下さるのなら、それがお叱りのためであっても、逃げ出せなかった。

今ではもう、遠い昔のように思えるあの森でのように、私はただ彼の広い背中を追いかけることしかできなかった。

彼が振り向いてくれなくても。

グレイスとその陛下のように、仲睦《なかむつ》まじく寄り添うことがなくても。

まだ彼と離れたくなかったから。

広間の奥の扉から出て、進んだことのない廊下を進み、王城の更に奥へ進む。

迷うことなく歩き続ける彼の背を追って。歩幅の広い彼の後ろから小走りに。

途中で彼は歩く速度を落としてはくれたけれど、立ち止まって待つことも、手を差し伸べることもしてはくれなかった。

階段を下りて庭に出る。

敷石が導く道に靴音が響く。

幾つか、水路を渡る橋を越えると、目の前に白い離宮が現れた。

周囲を木立に囲まれた、無人の城。

その入り口で、ようやく彼は立ち止まり、私を見た。

「引き返しても、誰も叱る者はいない。お前のこれからの生活にも支障はないぞ」

「あなたが、付いて来いとおっしゃるなら、どこまででも行きます」

答える私に、切なげに目を細め、彼は手を差し出した。

「では来い」

この手は、私のためのものよね？

まだ半分疑いながらそうっとその手に手を重ねると、彼は強く握り返して重たそうな扉を開いた。

白と青とで飾られた美しい建物。

全てが細かい細工で飾られ、床には金の散った濃紺の石が敷き詰められている。

緩いカーブを描きながら上へと続く階段には、波しぶきの意匠を凝らした手摺《てす》り、そこを上り詰めると、長い廊下には白と銀の絨毯《じゅうたん》。

こんなに美しい建物は見たことがなかった。

「ここは…？」

「私の城だ」

「ドラガン様の？　ではあなたは王城にお住まいなの？」

彼はそれに答えず、扉を開いた。

中の部屋も繊細で美しく、目映《まばゆ》いほどだ。

けれどここにも、人の気配はなかった。

「座りなさい」

椅子を示され、腰を下ろす。

彼は私のすぐ隣に座った。

「お前は愚かだ。ハラルドの手を取ればよかったのだ」

「…私は、確かに愚かな娘です。けれど、自分の心に嘘はつけません」

「友人のために、夢を諦めたのではないのか？」

「いいえ。グレイスと陛下が結ばれるように、心から祈ってました。彼女の愛が真実だったように、私も別の方に真実の愛を捧《ささ》げていましたから」

「それは誰だ？」

何故《なぜ》今更それを訊くの？

私はあなたに告白し、あなたはそれを拒んだのに。

「…あなたです」

酷《ひど》い人。

「私はお前が思うような者ではない」

「私があなたをどう思っているかも知らないのに？」

「ではどう思っている？」

苦しい。

胸が張り裂けそうなほど、苦しい。

「愛しております」

「男女の愛も知らぬお前が？」

「何をして『知らぬ』と言うのかわかりませんが、私はあなた以外の人に触れられることを望みません。誰とどこにいても、あなたと歩いたあの森での時間以上の充実を得ることもないでしょう」

「私がこのような姿でもか？」

彼がそう言った瞬間、短い彼の黒い髪が青い腰ほどもあるものに変わる。

「私が人でなくともか？」

青く長い髪…。

グレイスが以前、子供の頃、遠くから竜帝を見かけたことがあると言っていたことを思い出した。

長い髪は青く、その瞳も青かったと。

「竜帝…様？」

彼は一瞬顔をしかめた。

だが否定はしなかった。

彼が、王と契約した竜帝？

信じられない。

けれど、それならば全てのことに説明がつく気がした。

あの森で、魔法のように水の流れを蘇《よみがえ》らせたことも。水源調査の一員でしかない彼が、王城に住まい、こんなに立派な城を持つことも。

陛下を呼び捨てにし、陛下が彼に礼を尽くすことも。

ああ、それに後宮で彼と会った時はいつも水辺だった。噴水に落ちた時も、水路に落ちた時も。

私が橋から落ちた時、辺りに人影などなかった。

なのに私は水の中で助けにきた彼の姿をはっきりと見た。幻だと思うほど、自然に流れの中に現れた彼の姿を。

「わ…たしは…、あなたが何者であるかは存じません。どのようなお姿であるかも、関係ありません。たとえあなたが人ではなく、竜だとしても、私が愛するのはただ一人。私の言葉を受け止め、私を対等に扱い、共に語らってくださったドラガン様だけです」

畏れ多いこと。

陛下の花嫁になるよりも、竜帝に恋を告白する方がずっと身の程知らずだ。

「…けれど、これでわかりました。あなたが私を愛せないとおっしゃったわけが」

一縷《いちる》の望みもない。

「私は…無知でした…」

その言葉を言ったのは陛下だった。それはきっとこういうことだったのね。

「この姿を見ても、私を愛すると言うか？」

彼の手が私の頬《ほお》に触れる。

「許されるならば…」

冷たい彼の手は、零《こぼ》れた涙を拭って頭を抱き寄せると唇が重なった。

柔らかな唇はすぐに離れたが、手はそのまま私を抱き締めた。

「お前の真実を信じよう」

彼の青い髪が頬に掛かる。

そして夢のような言葉が、私の耳に囁《ささや》かれた。

「お前の幼さを踏《ふ》み躙《にじ》っても、お前を愛したいと思う私を許してくれ」

再びの優しい口づけと共に…。


何が起こったのかわからず戸惑う私の身体を、彼が軽々と抱き上げる。

力強い足取りで運ばれたのは、部屋の片隅にある天蓋《てんがい》の奥、身が沈み込むほど柔らかなベッドの上。

座るように下ろされ、彼が私の胸元に手を伸ばし、ドレスを止めているリボンを解く。

布で押さえられていた胸は膨らみを取り戻し、今にも全てをさらけ出しそうになるが、かろうじてレースがそこを隠す。

「待って…」

恥じらって制止したが、彼の手は止まらなかった。

「待てない」

「でも、あなたは私を愛せないと…」

「あれは嘘《うそ》だ」

「嘘…？」

「お前があまりに子供だから、諦めようと思った。お前の幼さを、あの時は壊すことができなかった。だがハラルドに言われて覚悟を決めた。それでお前が私を恨もうと、私はお前を手に入れたい」

言っている間にも手はドレスを脱がし、両肩を摑《つか》まれ、一気に引き下ろされる。

「…あ！」

果実の皮を剝《む》くように上半身が彼の前に露《あらわ》になると、胸の先に彼がキスを贈る。

「や…」

恥ずかしさに押し戻そうとしたけれど、途中まで降ろされたドレスが邪魔をして腕が上がらない。

小さな突起が、舌先で弾《はじ》かれる。

ピンク色の突起は、そのひと舐《な》めで、ぷくっと硬くなった。

もう一度顔が近づき、彼はそこを口に含んだ。

「あぁ…」

吸い上げられ、舌先で転がされ、鳥肌が立つ。

そうしながら、彼が更にドレスを脱がせるから、肘が抜け、腕が自由になった。

彼に抱かれることは嫌ではない。むしろ望むべきこと。けれど、突然のことにどう反応していいかわからず、彼の身体に手を掛けた。

「お願い、待って…」

「何故待たねばならない？」

「あなたは一度私を拒んだわ。それなのにどうして心変わりをしたのか、教えてください。でなければ、私があなたの真実を信じることができません」

彼は顔を離し、正面から私を見た。

水を湛《たた》えたような青い瞳。

吸い込まれるような美しい目は、それだけで身体を震えさせる。

「もっともだな。お前には説明を聞く権利がある」

彼は左の手で私の腕を摑み、もう一方の手でドレスの裾を捲《まく》った。

「きゃ…っ」

手は膨らんだスカートの中で私の脚に触れ、辿《たど》るようにその根元へ到達する。

「や…、あの…」

彼の手が冷たいのは、彼が竜帝だからかしら。そのせいで余計に彼の手の動きを意識してしまう。

指先は下着の合わせから中に入り込み、私に触れた。

身体の中心。

彼が前に指を入れた場所を求めてくる。

「あ…」

そこに指先が触れると、何かが溢《あふ》れるような感覚があった。

「ここに、私の指を受け入れたのは覚えているか？」

「…はい」

思い出し、顔が赤くなる。

「あの時、私が入れてもいいかと訊《き》いたのは？」

「覚えてます」

口にするのも恥ずかしい。

「ああ、お前は『何を入れるの』と訊いた」

「だってもう…、指は入っていましたもの…」

今もそこにある指が、あの時の感覚を思い出させる。

「それでお前が、まだ何も知らない子供だとわかった」

ふっ、と彼は笑った。

「何も知らない子供を相手に、自分は何をしているのかと我に返った。その瞬間、お前が私を好きだという言葉が、信じられなくなった。ただの子供の憧れで身を任せているだけではないかと。だとしたら、自分のしていることは子供の無知につけこむ悪いことだと」

「私を子供と言わないで。いいえ、もし私がものを知らない子供だとしても、あなたを好きだと言う気持ちだけは疑わないで…！」

「今は、その言葉を真実だと信じられる。だがあの時には疑った」

「私が子供だから…？」

「そうだ。私への好意は疑わなかったが、その好意が、私と同じものだとは思えなくなった。あのままお前を求めることは罪だと思った」

「でも私はあなたを拒みませんでした」

「それも、何も知らないからだとしか思えなかった」

「あそこまで受け入れていたのに？」

「あの先がある」

「先…？」

彼は困ったように微笑《ほほえ》み、ドレスの中の指を動かした。

「…あ」

長い彼の指が、私の内側へ入り込む。

「ここに私を受け入れるという先がな」

「あ…なたを…?」

指の動きに身体が痺れ、彼にしがみつく。

「その意味を、お前は知らない」

指は中でいやらしく動いた。

「あ…、だめ…っ」

「いつかお前も知ることになるだろうが、その気になった男が行為を諦めるには相当な努力が必要なものだ。だがその努力を払っても、お前の純潔を守ってやりたかった」

「あ…ぁ…」

「無垢《むく》で、真っすぐなお前を気に入っていたから、傷付け、嫌われることが怖かった。欲望だけでお前を手に入れても、心を失うのでは意味がない」

くちゃ、と微《かす》かな音がソコから聞こえる。

溢れてくる私の蜜が止まらない。

「だがハラルドに言われてわかった。『無知は偽りではない』。お前は営みについて無知ではあるが、私を想う気持ちは偽りではないのだと」

大切なことを言われているのに、彼の言葉が遠く感じる。

ちゃんと聞きたいのに、意識が指の動きに集中してしまう。

「お前は、ここに、私を受け入れるのだ」

「あ…なたを…?」

「それは何も知らないお前にとって、辛いことかもしれない。だがどんなことでも、受け入れて欲しい。もう私は止めることができない」

辛いこと?

指が入るだけでもこんなに気持ちよくて、目眩《めまい》がするほどなのに?

「受け入れ…ます。どんなことでも…」

「そうしてくれ」

指がするりと引き抜かれ、彼は私に口付けた。

舌が口腔《こうこう》を荒らし、彼の重みに身体が押し倒される。それでも唇は離れることがなく、舌を絡み付けてきた。

柔らかなベッドの上、彼の手が下半身に残っていたドレスを引っ張って脱がせる。

もつれあっているうちに、終《つい》にドレスは腰からも外され、下着姿にされる。

それでもまだ彼は満足せず、手は下着の紐《ひも》を解いた。

露《あらわ》になる場所へ、印を付けるように繰り返される口づけ。

「あ…」

私を、王様の花嫁候補、公爵家の娘として形づくっていたものが、彼の手で剥《は》ぎ取《と》られる。靴が脱げ落ち、結い上げた髪が崩され、宝石の付いた櫛飾《くしかざ》りやリボンが取られる。刺繍《ししゅう》とレース、フリルに石の縫い取りのある豪華なドレスも、布の塊となってベッドから滑り落ちてゆく。

絹の下着も、簡単に外された。

一糸纏《まと》わぬ私の肌に、己の金の髪と、彼の青い髪が散る。

手が、私の胸を摑む。

ゆっくりと揉《も》みしだき、唇を寄せる。

あの時私の身体の中に生まれ、消えることのなかった炎が、彼の愛撫《あいぶ》で呼び覚まされる。

今日は酒の一口も含んでいないのに、身の内側が灼《や》けるよう。

「は…、あ…」

またぷくりと腫れ上がった乳首を、彼が軽く噛《か》む。

「…あっ！」

痛みはないけれど、寒気がした。

いいえ、寒気とも違う。でも肌が粟立《あわだ》つ。

「ん…っ」

仰向《あおむ》けになって、流れてしまう両の胸の肉をかき集めるように、手はすっぽりと膨らみを包んで感触を確かめていた。

この人は、きっと女性を求めるのが初めてではない。

だからこんなにも私を心地よくさせるのだ。

彼がどれだけ長い間生きてきたのかは知らない。（竜帝も代替わりはしていると聞いているけれど）

その長い間、殿方ならば我慢の利かぬ時もあっただろう。男とはそういうもので、だから色街があるのだと母に教えられた。

けれどそこでは心は通わせることがないのだとも。

たとえ心を通わせなかったとしても、この手に触れられた女性がいるのかと思うと、燃え上がる身体の芯とは違う炎が胸を焼く。

「ああ…、や…っ」

小さく痛みの伴ったその炎が、彼を求めさせる。

誰よりも、私を望んでくれますようにと。

そのために、何でもしたいと。

「脚を開け」

布団の中、彼の目に晒《さら》されないと思うから、言われた通りに脚を開く。

彼は私の胸を吸いながら、指を下へ伸ばした。

「…ひっ」

指が下の突起を探りだし、弄《いじ》るから、びりびりと痺《しび》れるような快感に声を上げる。

「や…っ」

「感じるのか？」

「あ…、は…い。多分…」

「多分？」

意地悪く、指がまたそこを弄る。

「う…っ。わかりません。こんなこと、されたことがないから…。感じるというなら…。あなたに触れられた時からいろんなものを感じて…」

ああ、また身体の中からとろりとしたものが溢れ出る。

彼の指が再びあそこに入ってきてくれないかと、焦《じ》れったく思ってしまう。

「んん…っ。は…ぁ…っ」

けれど彼はそこに触れてもくれない。

吸い上げられ、舐められ続けた胸が、痛みを感じる。

「快感を言葉にすることもできぬのも、無垢故かと思うと愛らしい」

いつもより声が柔らかいと感じるのは気のせいだろうか？

「女は感じると、ここが濡れる」

下で突起を弄っていた手が、その奥に触れた。でも中には入って来ない。

「今は濡《ぬ》れている。わかるか？」

入口で、溢れた露も弄ぶように指が動く。

確かに、指が動く度に湿った音がした。

「…はい」

「どうして濡れるのかは、すぐにわかる。今は、もう少し濡れた方がいいな」

「…あ…っ」

指が、待ち望んでいた場所にするりと入り込んだ。

内側の柔らかい肉を弄ばれ、下肢に力が入る。

きゅっと締めた肉が、彼の指を捕らえるのを感じる。

指はその締め付けから逃れるように引き抜かれ、また中へ差し込まれる。それを繰り返されると、指の届かないもっと奥の方が疼《うず》いた。

「は…、あ…。あん…っ、あ……」

胸もまだ弄られているのに、感覚は中の指だけに向けられる。

全身が過敏になり、ほんの少しの刺激でも、声が漏れ、身を捩《よじ》る。

熱に浮かされ、後から後から湧き上がる快感に溺れていると、突然彼が身体を離した。

またここで捨てられる？

何か失態をしてしまった？

「ドラガン様…」

離れようとする彼のシャツを摑《つか》み、不安げな目で彼を見つめる。

「行かないで…」

懇願すると、彼は笑った。

「どこへも行かない。私も準備をするだけだ」

彼が身体を起こすから、布団が剝ぎ取られる。

中に籠もっていた熱が散り、冷たい空気が肌を撫《な》でる。

目の前で、彼はシャツを脱ぎ捨てた。

逞《たくま》しい筋肉に包まれた身体に、ドキリとする。

男の人の裸を間近で見ることなどなかったから。

更に彼は、ズボンに手を掛けた。

紐を解き、合わせをくつろげると、中から肉塊が現れる。

見たことのない形のそれは、自立し、頭をもたげていた。

「…それは…？」

妙に胸が騒いで、顔が赤らむ。

「これが男だ」

「男…」

「これがお前の中に入る」

言われてもう一度それに視線を戻した。

「無理です…！」

私の身体のどこに、これほど大きな物を受け入れる場所があるというのか。

だが彼は困った顔で笑うだけだった。

「手を」

手を取られ、それに触らされる。

熱く硬いそれは脈打つように応える。

「私がお前を望む証《あか》しだ。こうなったら、我慢などできない」

「我慢…？」

「たとえお前が嫌がっても、私は思いを遂げるだろう。今も、早くお前を手に入れたいと願っている」

手の中で、肉塊がピクリと動いた気がして、私は怯《おび》えて手を離した。

「ソフィア」

怯えをいさめるように、彼が私の名前を呼ぶ。

「お前を私の妻にする。その覚悟はあるか？」

ここまできてそれを訊《き》くなんて、酷《ひど》い人。返事などわかっているくせに。

「…はい」

答えた瞬間、胸が詰まる。

本当に、彼に求められているのだと実感して。

「…あ」

脚の間に身体を置いて彼は私の腰を自分の折って座った脚の上に乗せた。

腰が浮き、隠したい場所が彼の目に晒《さら》される。

「いや…」

恥ずかしさに声を上げる私の濡れた場所を指が広げる。

「ひっ…」

さんざん指で弄られた場所に、ひたりと何かが当てられた。

「あ…」

さっきの肉塊だ。

本当にあれを私の中に入れるつもりなのだ。

「…怖い…」

彼が身体を傾け、前に屈《かが》む。それと同時に宛てがわれたモノが、グッと中を目指す。

「……あ……ッ！」

いや……。入るわけがない。あんなに大きいものが私の中に収まるわけがない。

「い……っ」

なんでそんなことをしなくちゃならないの？　抱き合って、触れ合っているだけでも十分心地よかったのに。

「…うっ…。んん…っ」

呑《の》み込《こ》まされる。

熱が、肉塊が、無理やり身体に呑み込まされる。

「これが営みだ」

ドラガン様の顔が近づき、彼の手が私の身体を押さえる。

「男と女が結ばれるということだ」

濡れた場所が彼を捕らえ、溢れた蜜が彼を包み、奥へ。

指の届かなかった奥へ。

「あ…っ」

最奥へ届く前に、ずるりとそれが引き抜かれ、また貫かれる。

肉が擦れる感覚。濡れた音が響き、目眩がする。

繰り返される動きに、挿入されたときに感じた痛みが快感に凌駕《りょうが》されてゆく。

熱い。

「あ…。ふ…っ、う…。は…ぁ…」

彼が動く度、声が押し出されるように溢れた。

そこで繋《つな》がって、二人が一つになったように、彼の動きが直接私の中に響く。

目の前の彼の顔は、真剣だった。眉根を寄せ、私を見下ろし、その青い目に私だけを映していた。

「あ…」

その目を見返した時、身体の奥に閃光《せんこう》のようなものが走る。

もっと…。

もっと奥まで届いて欲しい。

「ドラガン様…」

彼の肌に手を伸ばし、しがみつく。内側に彼を感じ、締め付ける。

微《かす》かに彼が微笑《ほほえ》み、また繋がった場所を揺さぶった。

「ああ…」

逞しい腕が私を抱き寄せるから、同じ鼓動に身体が痺れる。

閃光が頭の中で明滅し、快感が足の先まで駆け抜ける。痙攣《けいれん》するように筋肉が震え、私はビクビクと背を反《そ》らせた。

「……あ…ッ！」

遠のく意識。蕩《とろ》ける感覚。

「お前の、全てが私のものだ」

満足げな声。

まるでその印を残すかのように、彼が私の首筋に軽く歯を当て痛みを与えると、そのまま動きが止まり、中で何かが弾《はじ》けた。

彼の溢《あふ》れる水が私の中に注がれるように。

それが、私の最後の感覚だった。

後はもう何も考えられなくて、彼の腕の中で意識を失ってしまったから。

恍惚《こうこつ》とした幸福感に、身を沈めるだけだったから…。


「まさか竜帝が妻を娶《めと》るとは私も思わなかったから、君達をどういう扱いにするべきか悩んだのだけれど。この際だから、叙爵してドラガンにも公爵位を与えようかと思うのだがどうだろう？」

王の居室で、私達四人、陛下とドラガン様、グレイスと私は、秘密の会議中だった。

私はドラガン様と結ばれ、グレイスは王妃として認められ、花嫁選びのあの騒ぎも全て終わった。

今は、グレイスは王妃教育中。私はその友人として招かれている。

けれど、陛下はそれを気にしていらっしゃるようだった。

「爵位《しゃくい》などいらぬ」

人としての黒髪のお姿で陛下と並ぶドラガン様は、不機嫌な顔をしていた。

「あなたはよろしいかもしれないが、ソフィア殿には家がある。公爵家の令嬢が結婚しないわけにもいかないし。するならば爵位のない者に嫁がせるわけにもいかないでしょう。それとも、あなたが竜帝であると公表しますか？」

「面倒だ」

グレイスは、未来の王妃として、陛下から彼の正体を聞いていた。

だから、誰よりも私の恋の成就を祝福してくれた。私が彼女の幸福を喜んだように。

「爵位をもらっても、私は宮仕えなどしないぞ」

「わかっておりますとも。あなたに出仕しろとは申しません。ですが今も、我が国の水の流れを調査するためには働いていらっしゃる。それを表向きの仕事となさってはいかがです？」

「…それならば」

「幸い、私の妻とソフィア殿は懇意になったようですし、彼女自身にも、王妃の相談役という役職と住居が与えられるでしょう。」

「そんなものはいらない」

「確かにあの離宮に住めばよろしいでしょうが、表向きに…」

「彼女は私の妻として、共に連れ歩くつもりだ」

「連れ歩く？　水源をですか？」

「そうだ」

ドラガン様は、私を見て優しく微笑んだ。

私の望みを知っている微笑み。

心が通い合い、同じものを望んでいるという視線。

「それがこれの望みだからな」

ええ、そう。

けれど陛下は納得がいかないようで、私を見て「本当に君の望みなのかね？」と尋ねた。

隣に座っていたグレイスも、私の手を取り、心配そうな視線を向ける。

私は、二人の視線を浮けて、にっこりと微笑んだ。

「私、自分の愛する方と森を歩くのが夢だったんです。ドラガン様と二人で、それができるのでしたら、とても嬉《うれ》しいですわ」

華やかな王城の暮らしも嫌いではない。

けれど私には忘れられなかった。あの木漏れ日の中、水の匂いを嗅ぎながら二人で歩いたあの日々が。私の方が、彼に連れて行ってとせがもうと思っていたぐらいだ。

「…わかりました。だが結婚式だけは、王城でやってください。我が妻が、友人と共に祝福されたいと言うのでね」

「お願いよ、ソフィア」

友人の心遣いに、私は素直に頷《うなず》いた。

「ええ、いいわ。私達二人とも幸せになるのだもの。皆に祝っていただきましょう」

それから、ドラガン様に向けて、ほんの少しだけおねだりした。

「あなたが私のものだと、皆に自慢してよろしいでしょうか？」

もちろん、答えはわかっていた。

「お前が私のものだと知らしめられるのならな」

いつか、そう遠くない日に、きっと王都は賑《にぎ》やかな一日を迎えるだろう。

新しい王と王妃の婚礼のため。

誰にも言えない、竜帝とその妻の婚礼のために。

竜の国の、二人の花嫁のために…。

竜の国の花嫁

もう一人の花嫁の話

初めて彼女に出会ったのは、まだ私が王子だった時だった。

「今日は、私の末の娘を連れて参りました。グレイス、殿下にご挨拶なさい」

乳母であるギース夫人のスカートの陰から出てきたのは、まるでコットンキャンディのようにふわふわとした髪の、小さな女の子だった。

私の半分ほどしか背丈のない、人形のように可愛《かわい》らしい子供。

「こんな小さな女の子が、私の遊び相手ですか？」

問いかけると、ギース夫人は微笑んで頷いた。

「男の子では、将来の官職への利権を疑われます。女の子でも、これ以上成長していれば、花嫁候補と言われてしまうでしょう。ですから、この娘がちょうどよろしいかと」

「理由はわかります。ですが、私がこの子を相手に、何をして遊べばいいのですか？」

「小さな子供はいうことをききません。ですから陛下は、この子を相手に、人を動かすということを学んでくださいませ」

もっともらしく言われても、私は困惑した。

だが、私の乳母として、教育係として、夫人は王城に通いづめだった。

こんなに小さな女の子を残して仕事に来るのは、さぞ心残りだっただろう。もしかして、私の相手をさせるという名目で、娘を手元に置きたかったのかもしれない。

私はそう納得し、その遊び相手を迎えることにした。

人形のようなグレイス。

この小さな少女は、すぐに私を魅了した。

小さな子供と会うことなどなかったが、それがどういうものだかは聞かされていた。

動き回り、叫びだし、よく泣き、すぐに拗《す》ねる、手に負えない存在だと。

けれどグレイスはおとなしくて、騒ぐことも泣くこともない。時折照れたようににこっと笑うのが、まるで天使のように可愛らしかった。

母を早くに亡くし、たった一人の王子として周囲からの期待も大きく、閉塞感を味わっていた。人々は私に『こうであれ』という理想の姿を押し付けるばかり。

そんな中、無邪気に私に懐《なつ》いて来る彼女の存在は癒《いや》しだった。

彼女が求めるのは、優しく抱き上げてくれる腕だけ。金も地位も、まだ関係のない歳《とし》だ。

「無欲な子供に癒《いや》されるのは、悪いことではないだろう」

彼女のことを話すと、竜帝はにこりともせずおっしゃった。

「お前はまだ若い。女に癒しを求めるのは早いだろうからな」

彼も、私に『こうであれ』と望む者の一人だった。

彼は、私に王として国を安定させることを望んでいた。争いを避け、権力をふるわず、それでも威厳を持って王位につける人間になれと。

それはとても重たい期待だった。

「今の青い髪の男の人はだぁれ？」

小さな瞳が疑問を向けた時、つい本当のことを言ってしまったのは、この子ならばそれを他人に言わないと信じたからだ。

「彼は竜帝だよ。私達の国にとって、大切な方だ」

誰にも言ってはいけないと、口止めはしなかった。

私はグレイスを信じていた。

そしてその信頼が正しいか間違っているかを試すつもりでもあった。

果たしてその後、私の下《もと》へ青い髪の竜帝が通うという噂《うわさ》が届くことはなかった。

可愛《かわい》い小さな子供は、会う度に大きくなり、いつしか少女となった時、ぷっつりと姿を見せなくなってしまった。

理由は、聞かなくてもわかっている。

彼女が、私の結婚相手として足る年齢に達したからだ。

きっと、いつか再び彼女が私の目の前に現れる時は、化粧で塗りたくられた顔でこう言うのだろう。

『陛下、覚えてらっしゃいます？　私達、とても気が合ってましたわよね？』

そして他の女性よりも自分の方が私を理解していると目配せしてくるのだろう。

だが、そんな私の想像はすぐに覆された。

父が亡くなり、王位を継いだ後のパーティ。

着飾った令嬢達が秋波を送って来る中、私は彼女を見つけた。

昔と変わらない、ふわふわとした明るい色の髪、はにかむような笑顔。可愛らしい子供は見事に美しい女性に変わろうとしていた。

だが、彼女は私の視線に気づくと、隠れるように逃げてしまった。

その後も、彼女の母親が同席している時も、彼女の姉の出仕が決まっても、いつも彼女は恥ずかしそうに俯《うつむ》き、言葉もあまり交わさず、目も合わせようとしてくれなかった。

ああ、そうか。

あの子が初めて私のところに来たのは、まだ三つか四つだった。

その時既に私は十五か、六か。

私達の間には、年齢という隔たりがあった。

たとえ王だとしても、いや、王だからこそ、彼女は私を避けているのだ。もし望まれたら、断ることができないとわかっているから、その相手に選ばれないようにしているのだ。

それに気づいた時、私は自分でも驚くほど落胆した。

おとなしく慎《つつ》ましやかなグレイス。

彼女ならば、私の権力を望まず、側にいてくれたかもしれない。

だが権力を望まないからこそ、離れようとするのだろう。

家臣達から、そろそろ花嫁を迎えてはどうかと言われる歳になっても、私はその気になれなかった。

あの幼い微笑み以上に、私を癒す者が現れなかったから。

竜帝も、そのことについては何も言わなかった。

望む時に、望む者と結ばれればいい。

心が動く時はきっと来るだろう、と。

幸いにも王としての仕事は忙しく、結婚を考える余裕もないまま数年が過ぎた。

だが人の姿を借りて国内の水源を調査に回っていた竜帝が、突然私にその話を持ちかけてきた。

「そろそろ、ハラルドも妻を娶る気はないか？」

私は驚きを隠さなかった。

「どうして突然そのようなことを？」

「人として、そろそろそういう歳だろう？　巷《ちまた》でもお前が花嫁を選ぶことが噂になっている」

「それは確かにそうかもしれませんが…」

「心に決めた相手がいるのか？」

いる、とは言えなかった。

言えば相手を縛ることになるから。

王の言葉は絶対なのだ。

「何人かの姫を集めて、考査をしてはどうだ？　それが決まっているかの様な話も出ている。偶然の出会いを待つだけでは望む者に出会うこともできないだろう」

「あなたがそんなことをおっしゃるとはね」

「…旅先で面白い娘に会ったのだ」

「それは…。更に珍しいお言葉ですね」

竜帝は照れたように僅かに目を逸らした。

これもまた珍しい。表情に乏しく、憮然《ぶぜん》となさっていることが多い方なのに。

「変わった娘だった。私の調査に付いて歩くような。水が綺麗《きれい》になると、目を丸くして喜ぶような。…流れに素足を浸すのが気持ちいいと言うような」

水は彼の分身。

その水に感情を向ける娘を気に入るのは当然か。

城に出入りするような娘達は、水の流れは遠くから流れるものだと思っているだろう。

まして素足で流れが気持ちいいだなんて、竜帝にしてみれば裸で胸に飛び込まれたような気分だっただろう。

「その娘が、花嫁の候補に入りたいらしい」

「はあ」

「何も選べと言っているわけではない。少し楽しませてもらったから、ささやかな願いぐらいは叶《かな》えてやろうと思っただけだ。花嫁の候補になり、王城に招かれるというな。ハラルドの花嫁にするかどうかは、お前が決めればいい」

「その娘の名前は？」

「…ソフィアだ。ソフィア・エレ・イグリード」

ソフィアか。

「よろしいですよ。それではすぐに花嫁の考査をすると、命じましょう」

竜帝に逆らうことができないわけではない。

彼と王は対等な関係だ。

どちらも上でもなければ下でもない。それが一番初めの契約なのだ。

だが私にも下心があった。

多くの娘達が集まる考査ならば、グレイスも顔を出すかもしれない。もしそれでも来なければ、諦めればいい。

だがもし姿を現したら…。

たとえそれが家からの命であっても、可能性があるということになる。

私はすぐにその旨を通達した。

貴族の娘達の中から、これという者を選び、花嫁を探すと。

そして竜帝の推薦があったからとソフィアに加えてこっそりとグレイスの名前も告げた。

竜帝と直接言葉を交わすことができるのは私だけ。この嘘《うそ》はバレることはないだろう。

そうして、王城には多くの娘達が集められた。

「イグリード公爵家の娘、ソフィアです」

考査のために集められた娘達が、私の前で名乗る顔見せの席。

ドレスの裾を摘まんで、深く頭を下げた金の髪の美しい娘。

しっかりとした目をした、意志のつよそうな娘。

「イグリードのソフィア？」

足を流れに浸すのが好きと聞いて、正直どのような田舎娘かと思ったが、これはまた大層な美しさだ。しかも、私に媚《こび》を見せたり、欲をちらつかせることもない。

「あ、はい」

恐縮し、もう一度頭を下げる姿は、本当にまだ子供のようだ。もちろん、外見は十分女なのだが。

「そうか、君がソフィアか」

私が言うと、彼女は戸惑った。

「あの…、何か…？」

「ドラガンが言っていた泉の好きなお嬢さんだね」

「ドラガン様が？」

おや？

「彼が女性の名を口にするのは珍しかったので、よく覚えているよ。彼は後宮への出入りが許可されている。そのうちまた会うだろう」

恐縮していた瞳に、きらきらとした光が宿る。

「再会したいかい？」

「はい」

「そうか、では言っておこう」

どうやらこの娘の興味は私よりも竜帝にあるような気がする。

「はい。ありがとうございます」

礼を言い、すぐに去ってゆくことといい、彼女は私にはさほど興味がないようだ。

続いて何人かが私の前で挨拶をしながら通り過ぎてゆくと、彼女の番になった。

「グレイス・エレ・ギースでございます」

深く頭を下げるふわふわの髪。

「久しぶりだね、グレイス。お姉様達は息災か？」

顔を上げぬまま、彼女は頷いた。

「はい。お気に掛けていただき、ありがとうございます」

彼女の母がその任を退いてから、こんなに間近で彼女を見ることはなかった。相変わらず私を見てくれないのだね。

「母上も？」

「はい。今回のこと、大変な栄誉だと喜んでおりました」

…母君が、か。君は？　喜んでいないのか？　その一言はここでは口に出せない。

けれど、赤く染まった耳が、せめて嫌がってはいない証《あか》しだと思うことにしよう。

「そのうちに、また子供のような笑顔を見せておくれ」

と言うのが精一杯だった。

「はい」

彼女の家は侯爵家。家の格としては私の妻に不釣り合いなわけではない。申し込めば私の願いは叶《かな》うだろう。

だが、愛する者に愛されないまま傍らに置くことが、互いの幸福だとは思えなかった。

この考査の間に、彼女が私を少しでも愛してくれているとわかれば…。

だが公務の忙しさは、集められた女性達と過ごす時間を与えてはくれなかった。

毎日行われる考査の結果は届くが、直接言葉を交わす機会はない。

届く報告書の中では、グレイスも、竜帝の推すソフィアも、優秀な成績だった。

「もう一度、彼女達に会ってみたいな」

そう漏らすと、何とか私を結婚させようと思っていた大臣は喜んでダンスの宴を設けると言ってくれた。

だが全員と踊れぬ以上、私は遠くから眺めるだけだが。

しかも、ふるい落とす女性達の今後のために、見合いを兼ねるとも言い出した。

もしもグレイスが誰かに見初められたら…。いや、その席で、彼女が他の者を選んでいるかどうかがわかるかも。

私に見せるあの態度が、他の者に対しても同じならば、彼女は私を嫌っているわけではなく、ただ男というものが苦手なだけかもしれない。

「わかった。それでいい」

驚いたのは、その席に竜帝も人の姿で参列すると言い出したことだった。

「女達の間で争いがあるようだ」

憮然とした顔で、言う彼に、それは当然のことだと説明した。

「だが快くはない。あの娘は単純だから、すぐにそういうことに巻き込まれる」

あの娘、が誰なのか、問うまでもなかった。

「あれがソフィアだ」

設けられたダンスの席で、彼はわざわざ私にあの娘を教えた。

「私は踊りには誘えない。あなたがお誘いになればいい」

そういうと、彼は困った顔をしながらも、すぐに彼女の下《もと》へ向かい、踊りに誘った。

私も、グレイスと踊りたかった。

だが私の目の前で、他の男と踊る姿を見ることしかできなかった。

くるくると踊りながら回るグレイス。せめて彼女が、誘われた男達にもあの微笑《ほほえ》みを向けなかったことをよしとしよう。

私の心はずっとグレイスに向いている。

「少し、ソフィアと話してやってくれないか」

だから、竜帝のその頼みを引き受けたのは、彼がそれほどまでに興味を持つ娘に、私も興味があったからというだけだった。

呼び出して話してみると、思った通り、彼女は竜帝への思慕を打ち明けた。

しかも、彼女は竜帝ではなく、一介の調査団としての身分の彼を好きなのだと認めた。

「あの方と、森を歩いたのです。ドラガン様は、あまりお言葉が上手《うま》い方ではありませんでしたが、私が女であるから帰れとは申しませんでした。一緒に連れ歩いてくださいました。それに、水を綺麗《きれい》にするのがとても上手いのです」

おかしかった。

普段、女性など興味を持たない彼が心を傾けた娘が、彼を好きだと私に告げることが。

もしこの事を彼が知ったらどういう顔をするだろうと思うと、つい笑いが漏れてしまった。

しかもソフィアは、そこまで言っておきながら私が彼女を彼の妻に推薦してやろうかという言葉をきっぱりと断った。

「だって、陛下のお言葉は絶対です。もし彼が私を好きでなくとも、陛下のお言葉を拒むことはできません。私は自分の力で、彼に振り向いて欲しいんです」

強い娘だ。

そして心底彼を想っている。

自分の恋が叶わぬのなら、この娘に手を貸してやるのも一興だろう。

それだけではない。

彼女は突然意外なことを言い出した。私に、花嫁を推薦したいと。

彼女が口にした名は、何とグレイスだった。

「君は彼女の何をしてそう思うのかね？」

何故《なぜ》、彼女はグレイスの名を出したのだろう。彼女は私を望んでいるのだろうか？　いや、単に彼女の目から見て彼女が良い娘だというだけかも。

「優しい方です。少し気の弱いところもありますが、芯はしっかりとしています。困った人に手を貸すことに躊躇《ちゅうちょ》せず、他人を悪し様《あざま》に言うことがありません」

「だが彼女は王妃になりたくないかもしれない」

言ってから、私の気持ちを知られたかな、と懸念したが、彼女は気づかなかった。

「いいえ。彼女こそが、陛下をご身分に関係なく愛してらっしゃる女性だと思います。グレイスは、心から陛下を愛しておられます」

そして信じられないことを教えてくれた。

「本当に？　君はそれを聞いたのか？」

「はい」

自信たっぷりに答える姿。

もしもそれが本当ならば…。

「君がドラガンに対する気持ちを正直に吐露したのに、私が黙っているのは正しくないな。私も、彼女のことは特別に思っている。だがそれはまだ口にすべきことではない。けれど、彼女が私を望んでくれているというのは、とても嬉《うれ》しいことだと答えておこう」

グレイスが私を愛してくれていると言う。

それならば、私が彼女の手を取ることは許されるだろうか？

彼女は私の申し出を喜んでくれるだろうか？

ソフィアを戻した後、私は希望に胸を膨らませた。

竜帝すら虜《とりこ》にした聡明《そうめい》そうなあの娘が、自信を持ってグレイスが私を心から愛していると宣言したのだ。信じてみてもいいだろう？

だが…。

私がグレイスを望む言葉を本人に伝える前に、竜帝が私の部屋を訪れた。

「ソフィアを妻にしろ」

不機嫌、というより怒っているような口調。

「どうしたのです、突然に」

「あれは子供だ」

「子供を私に娶れ、と？」

「お前は誰も望んでいないのだろう。だったら子供の夢を叶えてやれ」

本性のまま、青い髪を振り乱して彼は命じた。

「…ですが、あの娘の望みは私の妻ではなく、あなたに望まれることだと思いますよ」

そう言うと、竜帝は黙ってドスンと椅子に腰を下ろした。

「私を好きだと言った」

「でしょうね」

「身体を投げ出してきた」

「それは…」

「だが、あの娘は、男女の営みについても知らぬ子供だった。事に及んで、何を受け入れるのかさえ知らない娘だ」

　男として同情を禁じ得ない告白だ。

「最後までなさらなかったのですか？」

「できるか。あんな無垢《むく》な…」

　彼は言い澱《よど》んで顔を背けた。

　その場に及んで我慢するほど、あの娘が好きなのか。

「あなたは、その娘をお好きなのですね？」

　私が問いかけると、彼は頭を抱えた。

「…欲しいと思った」

「ではどうして私に妻にしろなどと」

「何も知らない娘だ。私を好きだと言うのは、思い違いだ。男として愛しているわけでも、求めているわけでもない。それでも…、私はあの娘を幸せにしてやりたいと思ってしまう。子供であるならば、子供の夢を叶えてやりたいと思うほど」

　苦悩する彼など、初めて見た。

「王の妻になることは、貴族の娘にとって最高の栄誉だろう。…私が、幸せにしてやれないのならば、お前にそれを頼みたい」

私は、ドラガン様が好きだと言い切ったソフィアの顔を思い起こした。

王である私の前でも、怯《ひる》むことなく自分の気持ちを言い切った時の彼女の顔を。

あれが子供の思い違いだとは思えない。

「あなたが幸せにできないだなんて…」

「私は人ではない。彼女に与えられるものもない。男として求められたのならば、覚悟も決めようが、それすらもわからぬ娘に、何ができる？」

その気持ちが、わからないではなかった。長く、私も同じ悩みを持っていたから。

王だと、竜帝だと、周囲の者は畏敬の念を込めて崇《あが》めるだろう。

けれど現実はこんなものだ。

私も彼も、愛《いと》しい娘の気持ち一つに翻弄されるただの男でしかない。

彼女は本当に私を愛しているのだろうか？

その悩みだけで、次の一歩が踏み出せなくなるような。

自分の恋は見えなくなるもの。私ですら彼女の気持ちは真剣なものだとわかるのに、竜帝とあろう方がそれを信じられないと嘆く。

私は、彼女の心に賭けてみるべきだと思った。

「わかりました。あなたのおっしゃる通りにしましょう」

彼は私の返事にも顔を上げなかった。

「ただし、あなたもその場に同席してください」

「…勝手にしろ」

もしも、グレイスを私以上に幸福にできる相手がいると思ったら、私も同じことを言い出すかもしれない。私では幸せにしてやれないから、お前にそれを命ずると、その者に告げるかもしれない。

どんなに苦しくても。

男とは、そのように愚かな生き物だから…。

そして私も覚悟を決めた。

もしも、ソフィアが私の信頼に応えたら、私も勇気を出してみよう。

彼女が私に竜帝を愛していると言った言葉が真実ならば、グレイスもまた私を愛していると言ってくれた言葉を信じてみよう。

もしも彼女が竜帝よりも私の妻を選ぶのならば、私達には見る目がなかったということだ。

花嫁を選ぶ。

竜帝が退室すると、私はすぐに宣を出した。

翌日、娘達が集められた場所へ、私は竜帝を伴い、姿を見せた。

ただ一人を選べぬのならば、誰でも同じこと。

私はゆっくりと集められた女性達の前を歩き、グレイスの前を通り過ぎた。

その瞬間、彼女が悲しげに目を伏せるのを見て、私は確信した。

きっと上手《うま》く行く、と。

だからソフィアの前で足を止めた時も、彼女の顔を真っすぐに見つめることができた。

「『もしも』私が君を王妃に選ぶと言ったらどうするね？」

彼女は、戸惑いを見せながらも、私の目を見返した。

「光栄でございます。…けれど、私はそのお申し出を辞退させていただきたく存じます」

胸の中が、夏の空のように澄み渡る。

ああ、私は間違ってはいなかった。

公衆の面前で、私よりも心を傾ける相手がいると、はっきりと口にする彼女の姿に頭が下がる。愛されていないかもしれないと言いながら、その相手を選ぶという彼女の強さに。

「その者の名を述べよ」

と命じると、彼女は口籠もった。

だがそれはドラガンへ、竜帝へ害が及ぶことを案じての戸惑いだった。

そうならないことを約束すると、彼女は竜帝を見、彼の名を口にした。

「…ドラガン様です」

見るがいい、竜帝。

「だそうだぞ、ドラガン」

聞こえているか？

あなたの愛した娘は、私よりもあなたを選んだ。

私はあなたに命じられたことは拒まなかった。その願いは聞き入れた。けれど彼女自身が、それを拒んだのだ。

あなたを愛するが故に。

「では私は彼女を選ぶことはできないな。本人が拒むのだから、無理に娶《めと》るわけにはいかない」

私はそう言うと、くるりと向きを変えた。

今度は私が勇気を出す番だ。

小さな時から私を癒《いや》してくれた娘に、初めて自分の本心を告げよう。

竜帝のために真実を曲げなかったソフィアに負けぬように、私も自分の心を曲げずに愛する者を求めよう。

「歳《とし》が離れているから、ずっとあなたは私など相手にしないと思っていた。だが他に心に想う相手がいないのならば、どうか私の妻になって欲しい」

差し出した指先が、自分でも驚くことに微《かす》かに震えていた。

王である私が、こんなにも臆病だなんて。恋の前では男はかたなしだ。

「光栄で…ございます。喜んでお受け致します…」

グレイスは、私以上に震える手で、私の手を取った。

その目に浮かぶのは、喜びの色だと確信した。

ああ、もっと早く、彼女に告げるべきだった。お前を愛していたのだと、小さな時から、お前だけが私を癒し、和ませてくれるただ一人の女性だったのだと。

人々を下げ、私達二人と、竜帝、ソフィアだけを残すと、私は竜帝に告げた。

「無知は偽りではない。公衆の面前で王たる私を袖にするほど愛されて、何を疑う余地があろうか?」

たとえ男女の営みすら理解できない子供だったとしても、その真心が偽りだったとは限らない。彼女はそれを証明した。

だが彼は不機嫌そうだった。

「ハラルド」

子供を丸め込むようなことはできないと言う彼を、更に意地悪く焚《た》き付《つ》ける。

「男は娘を女にする役割を担っております。私はあなたより俗人なので、私の愛する娘を妻とし、女にすることを喜びと思います。それとも、あなたはそれを他の者に譲ることを喜ぶのですか？　本当に?」

私にはできない。

今、私の手を取ったグレイスが、何も知らない娘だったとしても、もう他人に預けようなどとは考えられない。

あなただって、本当はそう思っているでしょう？

私を怒ることなく、彼女のいるこの場所に留《とど》まっていることがその答えだ。

私はあなたが命じたことは遂行《すいこう》した。

これで役目は終わりです。

私は、私の恋で手一杯だ。

「さあ、これからの私達のことについて、二人だけで話をしよう」

私はグレイスの肩を抱いて退室を促した。

「ソフィアが…」

友人に不安げな視線を向ける彼女の優しさに、微笑《ほほえ》みが零《こぼ》れる。自分の幸福よりも、友人の恋を心配するのかと。

「彼女のことはドラガン様が直接話されるだろう」

だが不満でもある。

私は竜帝とその想い人を残し、グレイスを伴って自分の私室へ戻った。

緊張し、椅子に座ることもできない彼女を抱き寄せながら共に腰をおろす。

「まだ友人が不安かい？」

「…彼女は、ずっとあの方がお好きだったのです。でも、愛せないと言われたと…」

「それは間違いだな。彼はとてもあの娘を愛しておられる。だからこそ、彼女が私の妻になれば幸せになれるのではないかと間違った選択をしただけだ」

「ハラルド様は…、本当はソフィアをお選びになりたかったのでは？」

「心配かい？」

「…私よりも、彼女の方が美しいですし、強くて立派な方です。私には…、ハラルド様を想う気持ちしかございません」

「それは私を好きだと言うことか？」

彼女は真っ赤になって目を伏せた。

いつも見せていた姿だ。

私の視線を避けるように、まるでここには居たくないというような素振り。

「…ずっと、お慕い申し上げておりました。私など、相手にされないとわかっていても」

それは単なる恥じらいだったのか。

「私も同じことを思っていた。君は私に敬意は示しても、愛情を向けてくれてはいないのかと。だがソフィアが、私の背を押してくれた」

「ソフィアが？」

「君が私を愛してくれていると教えてくれた。それで、申し込む勇気が出たのだ」

私は彼女の顎を取って自分に向かせた。

ただそれだけで彼女が真っ赤に染まる。

「まずは君の不安を取り除こう。先ほどの男はソフィアを心から愛している。そして彼の正体は竜帝だ。君の友人には相応《ふさわ》しい男と言えるだろう」

「竜帝…？　でも竜帝様は青い髪では…」

「ああ、君は一度彼の姿を見ていたんだったね。青い髪が彼の真の姿だが、人の姿を借りる時には黒髪になるのだ。青い髪では目立ち過ぎるのでね」

「まあ…」

彼女は心底驚いたという顔を見せた。

ソフィア殿の強さは称賛するが、私はグレイスのこの素直さの方が好きだ。

「さあ、これでいいだろう？　今度は私の告白を聞いてくれ」

「告白？」

「私がいかに君を愛しているか、だ」

恋を語る時、胸を張る女性より、潤んだ瞳で頰《ほお》を染める女性の方が、癒《いや》される。

つくづく、私と竜帝の好みが重ならなくてよかった。

「君が、母上のスカートの陰から私に向かって微笑んでくれた時から、私は君に心を奪われていた。こうして成人し、美しい女性となった今、他の者に渡すことを考えられないくらい君が欲しいと思っている。もしも、グレイスが私を愛してくれるのならば、私は生涯君を愛することを誓おう」

「…どうか、『もしも』をお取りになって。私がハラルド様を思う気持ちはカケラほどの偽りもないのですから」

「では誓おう。私は生涯君を愛すると」

顔を近づけると、彼女は小さく震えた。

唇を重ねると、僅かに身を引いた。

だが抱き締めて捕らえなくとも、私から離れることはなかった。

差し込む舌に、おずおずと答えるように開く唇。

柔らかな唇は甘く、彼女から花の香りがした。

優しくしてやりたいと思うのに、己の中の男が、彼女を求める。

逃さないためではなく、彼女を感じたいと腕を回して細い身体を抱き締める。

ドレスを通してもわかる柔らかな身体。

もしもこの後の予定が何もなければ、このまま押し倒して彼女の全てを求めただろう。その欲望を抑えるのには相当の努力が必要だった。

「グレイス」

唇を離すと、いたたまれないというように全身を染めて恥じらう彼女に、私は一つの懸念をぶつけた。

「君は男女の営みを知っているか？」

彼女はこれ以上ないというほど赤くなり、俯《うつむ》きながら頷《うなず》いた。

「…はい。母から教えられております」

「それはよかった」

その答えに、思わず胸を撫《な》で下《お》ろした。

「では君が花嫁となり、私を受け入れてくれるその日を待ち遠しく思うことにしよう」

もっとも、たとえ彼女が何も知らないと答えても我慢することなどできないだろうな、と自覚しながら。

竜の国の花嫁

あとがき

初めまして、もしくはお久しぶりでございます。火崎勇です。

この度は『竜の国の花嫁』をお手に取っていただき、誠にありがとうございます。

イラストの池上紗京様、素敵なイラスト、ありがとうございます。担当のN様、色々とありがとうございました。


ここからはネタバレがありますので、お嫌な方は後回しにして下さいね。

さて、今回のお話、如何でしたでしょうか？　楽しんでいただければ、嬉しいです。

自分でも自覚のなかったソフィアの幼い恋。

でもドラガンも、ある意味幼かったのでは、と思います。

長生きした分、知識はあるのかも知れないけれど、城の奥で暮らしていた彼には対人関係には経験がない。

国王以外の人間と親しくして、正体がバレては困るので。それに、彼の態度が普通の女性を近づけなかったでしょう。

ですから、彼も実は初恋かも。（ちなみに、『ドラガン』は竜帝なので、『ドラゴン』をもじって付けた名前です）

けれど、あの寸止めはかなり男としてキツかったと思います。それがソフィアに対する真剣な愛情の表れだったとしても、同情します。（笑）

まあそんなわけで、二人はハラルドとグレイスの結婚の際に、ドラガンは叙爵して公爵になり、国王の相談役の地位を得ます。

国王の推挙もあり、ソフィアの実家も文句なく結婚を認め、二組で合同結婚式。

華やかさでは国王夫妻には劣るでしょうが、二人共そんなことは関係ありません。

そしてドラガンはまた水質調査に国内を飛び回り、ソフィアも喜んでそれに同行することになります。

初の、女性調査官として。

遠い場所や、危険な場所へ行く時には、置いていかれるでしょうが、その時にはグレイスの友人として城内で楽しい時間を過ごす。

そしてみんな幸せになりました。メデタシ、メデタシです。

でもそれだけでは面白くないので、何か波乱の一つも欲しいところ。

女性がドラガンに言い寄る…、と言うのは考え難いし、国内では王が仲人状態の公爵夫人にちょっかいを出す者もいないだろうから、やっぱり外国人？

隣国から、この豊かな国の秘密を暴こうとやってきた、王子が、たまたまドラガンが遠征中で一人残されたソフィアを見初める。

もちろん、彼女は相手にもしないのだけれど、相手が隣国の王子ではじゃけんにもできず、困ってしまう。

隣国の王子は、彼女に好意を寄せつつ、この女性は何か国の秘密を知っていると、しつこく近づいて来る。

そして彼女を誘拐して、どこかの古城に閉じ込め、自分のものになるか、王国の秘密を明かせと迫る。

自分のものになれば、王妃になれる。

贅沢な暮らしも約束しよう。

そう迫る王子の前で、ソフィアは追い詰められ窓から湖に身を投げる。

もちろん、水の全てが愛しい人に繋がっていると信じて。

溺れながら必死にドラガンの名前を呼ぶと、ヒーローはやって来るのです。湖の中、濡れた彼女を抱き上げて。

そして竜帝の名に相応しく王子を荒々しい水で襲う。

まあ隣国の王子なので殺したりはしませんが、二度と刃向かう気を起こさせない程度には酷い目にあわせるでしょう。

湖から水をくぐって自分達の離宮に帰ると、どうしてもっと早くに自分を呼ばなかったと怒り、変なことをされていないかどうか、たっぷり一晩かけて彼女の身体に訊く、なんてこともするのではないかと。

ドラガンは、結構独占欲が強くて嫉妬深いので。

そうそう。もう一人の花嫁であるグレイスも、当然幸福な生活を送ります。

子供の頃がらずっと好きだった人と相思相愛になれ、晴れて王妃になったのですから。

グレイスは王都育ちで、男女の営みや恋愛についても、周囲の人間から教えられていた分、長い片想いの間苦しみ続けたのです。きっとあの人は他の人のものになってしまう。自分など、幼い妹のようなものでしかないだろう、と。

それが花嫁候補になり、終には妻と呼ばれることができました。

その長い時間も、描いたら面白かったかも知れませんね。ちょこっと巻末に書くことができてよかったです。


それではそろそろ時間となりました。

またいつかどこかでお会いできる日を楽しみ。皆様ご機嫌好う。

火崎勇

ジュリエット文庫

JL-030

竜の国の花嫁

火崎 勇
2013年6月15日　初版発行

発行人　折原圭作

編集所　株式会社CLAP

発　行　インフォレストパブリッシング株式会社
〒102-0083　東京都千代田区麹町3-5 麹町シルクビル

発　売　インフォレスト株式会社
〒102-0083　東京都千代田区麹町3-5 麹町シルクビル
http://infor.co.jp/
TEL 03-5210-3207（営業部）

デザイン　antenna

印刷所　中央精版印刷株式会社

ISBN978-4-8006-2010-1　　Printed in JAPAN

火崎 勇先生・池上紗京先生（イラスト）へのファンレターはこちらへ
〒102-0083 東京都千代田区麹町3-5麹町シルクビル5F
インフォレストパブリッシング株式会社　ジュリエット文庫編集部
火崎 勇先生・池上紗京先生　宛

恋と泥棒の仕方は覚えます
姫君と黒の貴公子
Novel 火崎 勇
Illustration 池上紗京
お前には宝石以上の価値がある
滞在先の館で、夜中に忍び込んできた黒衣の男性ローグと秘密裏に話をするようになったエレノア。「お前が俺との夜を過ごす間は、この家のものに手をつけないと約束してやろう」侯爵令嬢である彼女を使用人と思い込んだ彼は、取引をもちかけ、巧みな指先と豊かな見識で彼女を誘惑する。しなやかな獣のような彼に触れられ、快楽を引き出されて揺れる心。彼は本当に泥棒なの？それとも――!?
好評発売中！

花魁令嬢
華の秘密は情火に燃えて
Novel 犬飼のの
Illustration 笠井あゆみ
恋しい男の腕の中、令嬢は娼妓に変わる。
「いとしい方へ お怨み申し上げます」不運の末、遊郭に売られていた双子の妹が非業の死を遂げた。伯爵令嬢櫻子は妹である櫻太夫に扮し、死の真相を探ることに。妹を身請しようとしていた綾瀬和晃は、櫻子が人知れず慕っていた美しい軍人だった。彼女の偽装を見破り、櫻子を櫻子として迫ってくる和晃。初めて知る殿方の熱い情熱と淫靡な快楽。しかし彼は妹の死に関わるかもしれない人で——!?
好評発売中！

Novel 斎王ことり
Illustration トモエユキ
ジュリエット文庫
Juliet Label
羽衣姫は甘い蜜に囚われて
黒の皇子の独占愛
後宮の夜は淫らに過ぎて
仙人に授けられた羽衣を失くして地上をさまよう天女候補の天華。ならず者に襲われかけた彼女を助けた美しい青年・飛龍は、辺境に派遣されていた世継ぎの皇子だった。飛龍の仮初めの妃候補として後宮に入る天華だが、強引な彼の求愛と愛撫に、淫らな悦びを感じてしまう。天女になるためには肉欲に溺れてはならないのに——!?
好評発売中！